割れたグラス

アラン・マバンク

桑田光平 訳

国書刊行会

Verre Cassé
Alain MABANCKOU

This book is published in Japan by arrangement with Éditions du Seuil,
through le Bureau des Copyrights Français, Tokyo.

Cet ouvrage a bénéficié du soutien du Programme d'aide
à la publication de l'Institut français.
本書はアンスティチュ・フランセ・パリ本部の
翻訳出版助成金を受給しています。

目次

割れたグラス

母ポーリーヌ・ケンゲに

ノートの前半部

つまり、バー〝ツケ払いお断り〟*1の主人から一冊のノートを渡されたので、俺はそれを埋めなくちゃならなくなったってわけだ、彼は、この俺、《割れたグラス》なら本を書けると頑《かたく》なに信じていたんだ、というのも、ある日、俺が冗談まじりで、スポンジみたいに大酒を飲む作家の話なんかをしたからなんだ、そいつは酔っぱらうと道端で拾われたりするような奴だったんだが、主人は何でも額面通りに受け取る人だから、まったく冗談なんて言うもんじゃなかったよ、俺にノートを渡すと、彼はすぐに、ただ俺だけのために書いてほしい、他の誰にも読ませるつもりはないから、ときっぱり言ったんだ、なんでそんなにこのノートにこ

*1　原語はLe Crédit a voyagé。著者マバンクは二〇〇三年、カメルーンのバーで実際にこの言葉を目にしており、そこに反ユダヤ主義で有名なフランスの作家ルイ＝フェルディナン・セリーヌ（一八九四－一九六一）のふたつの小説――『夜の果てへの旅（Voyage au bout de la nuit）』（一九三二）と『なしくずしの死（Mort à crédit）』（一九三六）――の「とても美しい結合」を見いだし、感激したエピソードがエッセイ集『世界は私の言語』（二〇一六）の中で語られている。

だわるんだと尋ねると、彼は〝ツケ払いお断り〟がいつかこのままなくなってしまうのが耐えられないんだと答えた、それで、この国の連中には記憶を保存しておこうという感覚がない、寝たきりの婆さんが物語を語ってくれた時代はもう終わったんだ、いまや書かれたものの時代だよ、書かれたものこそが後世に残るんだ、口で言った言葉なんて黒い煙、野良猫の小便みたいなもんさ、と言った、彼は「**アフリカでは、老人がひとり死ぬと図書館がひとつ燃えたことを意味する**[*1]」なんていうお決まりの文句が好きじゃない、そこら中に広まったこの紋切り型を耳にすると、彼はひどくムッとしてすぐさまこう言い放ったもんだ、「**そんなのどんな老いぼれかにもよるだろ、くだらない、俺は書かれたものしか信用しないんだ**」、そういうわけで、少しは彼を喜ばせるためにときどきこうしてノートに書き殴っているが、何について書いているかは必ずしも定かじゃない、実を言えば、ずいぶん前から俺は書くこと自体が好きになりはじめているんだ、でもそのことは彼には言わないでおこう、でないと、あれこれ想像して、もっと書くようにと急かされそうだから、自分としては書きたいとき、書けるときに書くという自由を手放したくないんだ、強制された仕事ほどひどいものはないからな、俺

＊1　この言葉はマリの作家・民俗学者であるアマドゥ・アンパテ・バー（一九〇一－一九九一）のものとされる。

＊2　『任務完了』はカメルーンの作家モンゴ・ベティ（一九三二－二〇〇一）の一九五七年の小説。故郷から遠く離れた都会の学校

は彼のニグロじゃない、俺が書くのは俺自身のためでもあるんだ、そんなわけで、誰にも気兼ねせず書いているのがこのノートだ、いずれこれを読むことになる彼の身にはなりたくないね、もっとも、彼がこれを読む頃には俺はもうこのバーの客じゃないだろう、骨と皮だけになった体をひきずって、どこか別の場所へ向かっているはずだよ、「任務完了」[*2]と告げて、このノートはこっそり彼のもとに戻しておくつもりだ

で西欧風の教育を受けた主人公は、最終試験（バカロレア）に落第してしまい、故郷の村に戻ることになる。帰省後、逃げ出した従兄弟の妻を辺境の村から連れ戻すという任務を与えられた主人公は、任務を遂行する中で、さまざまな経験をする。

まずはこのバーが誕生したあとのいざこざについて触れないわけにはいかないだろう、我らの主人が経験した受難について少し語っておこう、実際のところ、あの人が息を引き取ること、ユダの遺言書を書いてくれることを人々は望んでいた、騒動は教会の人間からはじまったんだ、日曜日にミサに来る信者の数が減っていっていることに気づいた彼らは本気で聖戦をはじめることにした、彼らは揃いも揃って〝ツケ払いお断り〟の前にエルサレム聖書[*1]を投げ捨ててこう言った、こんなことが続けばもうミサはなくなってしまうだろう、聖歌を歌うときの恍惚はもう味わえないし、このトロワ＝サン地区[*2]に降り立つ聖霊もいなくなる、パリ

＊1　エルサレムにあるエルサレム・フランス聖書考古学学院によって編纂されたフランス語訳の聖書。

＊2　著者の生まれ故郷で、本書の舞台であるコンゴ共和国の港湾都市ポワント＝ノワールにある庶民的な地区。ポワント＝ノワールは首都ブラザヴィルにつぐコンゴ共和国第二の都市。

パリの黒いオスチアも、*3キリストの血である聖なるワインも、青年聖歌隊も、敬虔なシスターも、ロウソクも、施しも、最初の聖体拝領も、二回目の聖体拝領も、教理問答も、洗礼も、何もかもがなくなってしまう、そうなるとひとり残らず地獄へ真っさかさまだ、それから今度は、週末・祭日に妻を寝取られた夫たちの団体が強硬手段に出た、彼らは、妻たちが美味しい食事を作ってくれなくなったのも、昔の婦人のように自分たちに敬意を払わなくなったのも、大部分は〝ツケ払いお断り〟に原因があると主張した、「敬意は大事なことだ、夫に敬意を払うのに妻以上の存在はいない、アダムとイヴの時代からずっとそうなのだから」と彼らは口を揃えたが、このよき父親たちにはそんな現実は変えるべきだということが理解できなかった、彼らは女なんて平身低頭、男の言うことに従わなくちゃいけないとまで言った、しかし彼らの主張も届かなかった、それから今度は改宗して水、ファンタ、果肉入りオレンジジュース、ザクロシロップ、セネガルのビサップ、*4グレープフルーツジュース、ナイジェリアでインド大麻と不正取引されたコカコーラ・ライトを飲むようになった元アル中たちの団体が脅してきた、連中は原理主義的な考えをもっており、四十日間、昼夜問わずこのバーを包囲し

二〇一三年に刊行された『ポワント＝ノワールの光』の中には次のような記述がある。「レックス映画館の裏に広がるトロワ＝サン地区は若い女性が自分の魅力を売る場所だ。いまでもそれは変わっていない。〔…〕『トロワ＝サン地区』という名は、ショートタイムの料金をずっと以前から五百CFAフランに設定していたこの町の娼婦と、ザイール出身の娼婦との争いに由来するという説がある。ザイールの娼婦たちは三百（トロワ・サン）CFAフランに値下げしたという」。

*3　カトリックのミサの際に用いられるパンで、キリストの聖体の象徴であり、信者はこれを拝領して食べる。

*4　西アフリカの国々でよく飲まれるハイビスカスティーのこと。

た、しかしそれもうまくいかなかった、次に、伝統的な道徳を遵守する人々が超自然的な行動を起こした、部族の長たちは店先にお守り《グリグリ》を投げつけ、〃ツケ払いお断り〃の主人に呪いの言葉を吐き、死者たちの魂に語らせて、ここの商売人はじわじわとくたばってゆく、自分の足でゆっくりと死刑台のエレベーターのほうに向かわせてやる、と予言した、だがそれもかなわなかった、そして最後に、暴徒による直接の破壊行動があった、こいつらを雇ったのは地元のバカな老人たちで、彼らときたらド・ゴールの家*1やボーイや老ニグロとして生きる喜びや勲章*2に未練を覚え、植民地博覧会時代の生活や、ジョセフィン・ベーカー*3が腰にバナナをつけて踊っていたニグロのダンスパーティーを懐かしむような連中だった、人からの評判はいいこの老人たちは、繰り返しバーの主人を陥れようと、夜中、真っ暗になると目出し帽をかぶった荒くれ者たちをよこした、彼らの手にはザンジバルの鉄のバール、中世キリスト教時代の棍棒、シャカ・ズールー*4時代の毒槍、共産主義者の鎌とハンマー、百年戦争の投石機《カタパルト》、ガリアの鉈鎌《なたがま》、ピグミーたちの鍬、六八年五月*5の火炎瓶《モロトフ・カクテル》、ルワンダの鉈《マチェーテ》を受け継いだ山刀、ダビデとゴリアテの名高い戦い*6で使われた石投げひも、こうした武器一式を携えて彼らはやってき

*1　ブラザヴィルにある現フランス大使公邸。第二次世界大戦中、ナチス・ドイツにパリを占領され、対独レジスタンスを続けるためイギリスに亡命したシャルル・ド・ゴール将軍は、当時フランスの植民地だったブラザヴィルを自由フランスの拠点のひとつとし、自身の住居としてこれを建設した。

*2　カメルーンの作家フェルディナン・オヨノ（一九二九―二〇一〇）による一九五六年に刊行されたふたつの小説『ボーイの人生』、『老ニグロと勲章』を受けた表現。

*3　ジョセフィン・ベーカー（一九〇六―一九七五）は、アフリカ系アメリカ人の母を持つジャズシンガー・俳優。一九二〇年代にパリを中心に活躍した。

*4　十九世紀初頭にアフリカ南部を支配したズールー王国の

たが、それでもうまくはいかなかった、ただ、建物の一部は破壊された、町中がこの事件を話題にし、『街路は死ぬ《ラ・リュ・ムール》』、『アフリカ週間』、『ムウィンダ』、『ムヨンジ・トリビューン』、すべての新聞がこの事件を取り扱った、事件の現場を間近で見ようと、「嘆きの壁」を訪れる巡礼者のように、隣国からやってくる旅行者すらいて、何に使うのかわからないが大量の写真を撮っていった、トロワ＝サン地区を訪れたことのない町の住人の中にも、この状況を見て驚愕し大量の写真を撮る者がいた、彼らはいったいどうやったらこんな汚物や、水たまりや、家畜の骨や、燃やされた車両や、ぬかるみや、牛のクソや、道路の穴や、崩れかかった家の中で人間が生活できるのだろうと不思議に思った、バーの主人はあちこちでインタビューに応じ、一夜にして殉教者となった、彼は一夜のうちにあらゆる番組に出て、北部のリンガラ語*7、マヨンベの森*8のムヌクトゥバ語*9、諍《いさか》いが起こるとすぐに武器をとるムクルー橋*10の住人のベンベ語*11でインタビューに応じ、知らない人はいないほど有名になった、人々は彼に同情を覚え、彼のことを助けたいと思った、この勇敢な男はその頃から《頑固なカタツムリ》*12と呼ばれるようになり、応援の手紙や嘆願書を送る者もいた、とくに忘れてはならないのは、いつも

初代国王。

*5　一九六八年五月のパリでの学生・労働者の反政府運動。

*6　巨人ゴリアテから青年ダビデがベツレヘムの町を守ったという旧約聖書のエピソード。

*7　コンゴ川流域一帯で話されるバントゥー語族のひとつ。

*8　アフリカ中央部に広がる熱帯雨林地域。

*9　コンゴ語系のクレオールで、キトゥバ語とも呼ばれる。

*10　ムクルーはポワント＝ノワールに電力を供給するために作られた水力発電のダムで有名な地域。

*11　コンゴ民主共和国やタンザニアのベンベ族が話す言語で、バントゥー語族のひとつ。

*12　『頑固なカタツムリ』はアルジェリアの作家ラシッド・ブージェドラ（一九四一－）の一九七七年の小説。

このバーと連帯し最後の一滴まで飲み続けた酔っぱらいたちの存在だ、彼らは行動に出た、植民地博覧会やド・ゴールの家やジョゼフィン・ベーカーのニグロのダンスパーティーを懐かしむような連中が起こした物理的な損害を修復するために彼らはひと肌脱いだ、よくある話だと思う人もいるかもしれないが、この事件は国中を騒がすまでになったんだ、皆は口々に「ツケ払いお断り事件」を話題にし、政府は閣僚会議でこの事件を争点にした、閣僚の中には即時無条件の閉店を求める者がいたが、それなりに説得力のある論を展開してそれに反対する者もいた、こうして、この小さなトカゲの争い[*1]が国を二分することになった、そこで声を上げたのが、その権威と良識を誰もが認める農業・商業・中小企業大臣のアルベール・ズー・ルキアだ、彼の発言はこの国の歴史上もっとも美しい政治演説のひとつとして人々の記憶に残り続けた、「私は弾劾《だんがい》する」[*2]、ズー・ルキア大臣は何度もこの言葉を繰り返した、誰もがこの言葉に衝撃を受け、町で些細ないざこざやちょっとした不正があっても、何かにつけて「私は弾劾する」と口にするようになった、首相は自分の広報官に、あの農業大臣の演説は見事で、彼の「私は弾劾する」という言い回しは大変な人気だから後世に残り続けるだろうと言い、次

＊1　「二匹のトカゲの争い」はアフリカの伝承物語で、アマドゥ・アンパテ・バーによる民話集に収められている。

＊2　一八九四年、フランス陸軍大尉でユダヤ人のアルフレッド・ドレフュス（一八五九−一九三五）がスパイの嫌疑で逮捕された。一八九八年、フランスの作家エミール・ゾラ（一八四〇−一九〇二）は「私は弾劾する」と題した大統領宛ての公開状を新聞に発表して、政府の反ユダヤ主義を非難し、逮捕が不当であることを訴えた。

回の内閣改造では彼に文化大臣を任せよう、「農業」という言葉の最初の四字を削りさえすればよいのだからと約束した[*3]、今日にいたるまで大臣がすばらしい演説をしたことは誰もが認めている、大臣は食事の際にこぞって引き合いに出される偉大な作家たちの本を完璧に引用し、みずからの博識で聴衆を魅了できて嬉しいときのように汗をかき、〝ツケ払いお断り〟を支援することを表明した、《頑固なカタツムリ》とは小学校の同級生で、彼のことをよく知っていた大臣は、最初に《頑固なカタツムリ》が率先してとった行動を賞賛し、それから俺がいまでも暗記している次のような言葉で演説を締《し》めくくった、「**閣僚の皆さん、私は弾劾する、私は瀕死のこの社会情勢に与《くみ》することはできません、内閣の一員として彼を追い詰めることを認めるわけにはいかないのです、私は弾劾する、自分の人生の進路を決めただけのひとりの人間をよってたかって攻撃する心の狭い者たちを、私は弾劾する、最近の旧態依然としたくだらない策謀を、私は弾劾する、悪意ある者たちによって組織された野蛮な行為の非礼を、私は弾劾する、いまや我が国の日常となってしまった侮辱と反逆行為を、私は弾劾する、暴徒や暴動の煽動者に口実を与えている者たちの暗黙の結託を、私は弾劾する、人間の人間に対する**

＊3　agriculture（農業）の最初の四文字をとれば culture（文化）となる。

侮蔑を、不寛容を、価値の軽視を、憎しみの高まりを、良心のなさを、あちこちに跋扈《ばっこ》する原生林のヒキガエルたち[*1]を、そうです、閣僚の皆さん、トロワ＝サン地区は冷たい顔をした眠らない町になってしまいました、いまや《頑固なカタツムリ》と呼ばれているその男は、かつて私の同級生で、とても優秀な人間ではありましたが、そのことは別として、今日では人々から追い詰められ、陰謀の犠牲になっています、閣僚の皆さん、むしろ本当の悪党どもを追い詰める努力をしようではありませんか、だから私は弾劾するのです、罰を受けることもなくこの社会全体の活動を麻痺させている連中を、私たちの祖先のバントゥー族から受け継いだ連帯の鎖をあからさまに断ち切るような連中を、正直に申し上げれば、《頑固なカタツムリ》の過ちは、偉大なサン＝テグジュペリが『人間の土地』で示しているように、人は誰でもそれぞれのやり方で人間の性《さが》を変えられるのだということを、この国の人々に示したことにあります、だから私は弾劾するのであり、これからも弾劾し続けるのです」

＊1　ギニアの作家チエルノ・モネネンボ（一九四七―）の一九七九年の小説。ハンガリー留学から野心とともにアフリカの祖国に帰ってきた主人公が滅びゆく伝統と横行する腐敗に直面する物語。

＊2　ザイール共和国（現コンゴ民主共和国）大統領モブツ・セセ・セコ（一九三〇―一九九七）の有名な演説からとられたもの。「コンゴ川」ではなく「ザイール川」などいくらかの異同

ズー・ルキア大臣の演説の翌日、共和国大統領であるアドリアン・ロクタ・エレキ・ミンギは怒りに任せて毎日食べていた好物のブドウを握りつぶした、ラジオ・トロトワールFMが報じるところによれば、諸軍隊の将軍でもあるアドリアン・ロクタ・エレキ・ミンギ大統領は、農業大臣が発した「私は弾劾する」というフレーズに対して嫉妬を覚えているらしい、実際、大統領兼将軍は一世を風靡したこのフレーズが自分の口から出ていたならと思ったようだ、彼は自分の側近たちが簡潔だが実用的なこの手のフレーズをどうして思いつかないのか理解できなかった、大統領がいつも言わされていたのは「**すべては地平線から昇り夜になると荘厳なコンゴ川に沈んでいく太陽のように**[*2]」といった種類の誇張されたフレーズだった、気分を害し、自尊心を傷つけられ、屈辱を受け、評価を落とし、失望した大統領アドリアン・ロクタ・エレキ・ミンギは、自分に大きな愛情をささげていた大統領府のニグロたちを呼び出し、彼らに対して、いままでの仕事は仕事のうちに入らないのでもっと働くよう求めた、大統領はもはや見せかけの叙情詩による誇張されたフレーズなど求めていなかった、大統領府のニグロたちは、まるでラッキー・ルーク[*3]が極西部《ファーウエスト》のサボテン畑に追い詰めたダルトン兄弟み

はある。典型的なアフリカの独裁者と呼ばれることもあったモブツ・セセ・セコは、植民地主義の名残を完全に払拭するため国名をザイールに変更した。コンゴ民主共和国はベルギーの旧植民地であり、物語の舞台となっているのはコンゴ川を挟んだ対岸に位置するフランスの旧植民地のコンゴ共和国である。前者の首都はキンシャサで、後者の首都はブラザヴィルのため、「コンゴ・キンシャサ」、「コンゴ・ブラザヴィル」と呼ばれることもある。

＊3　『ラッキー・ルーク』はフランスの西部劇漫画、フランス語読みは「ルキ・ルク」。主人公のラッキー・ルークはカウボーイで無法者たちを退治する。ダルトン兄弟は無法者の四人兄弟で、長兄がもっとも背が低く、末っ子がもっとも背が高い。

たいに、小さな者から大きな者まできちんと整列し、直立不動の姿勢だった、彼らは声を揃えて「承知しました、司令官」と言った、もっとも我らの大統領アドリアン・ロクタ・エレキ・ミンギは将軍なのだが、それに大統領は北軍と南軍の内戦を心待ちにしていた、その理由は、自分の手で戦争記を書き、それに慎ましくも『アドリアン帝の回想』[*1]なるタイトルをつけるためだった、大統領兼将軍は、ズー・ルキア大臣が発した「私は弾劾する」のような後世まで語り継がれるフレーズを見つけるよう大統領府のニグロたちに命じた、大統領直属の彼らは引きこもって夜通し働いた、彼らは大統領室の本棚に埃をかぶって並んでいた百科事典をはじめて開きページをめくった、また、小さな字でびっしり書かれた大判の本の中から探すこともあった、彼らは時代を遡り、世界のはじまりから、グーテンベルクという男の時代やエジプトのヒエログリフの時代を経て、戦争術らしきものについて語ったある中国人の書物にまで目を通した、この中国人は、聖霊の力でキリストが誕生し、我ら罪人《つみびと》のためにみずからを犠牲にすることなど知らない時代を生きた人物だった、それでもアドリアンのニグロたちはズー・ルキア大臣の「私は弾劾する」ほどの強力なフレーズを見つけられなかったので、大統領兼

＊1　フランスの作家マルグリット・ユルスナール（一九〇三―一九八七）の『ハドリアヌス帝の回想』（一九五一）をもじったもの。

将軍はもし後世に残る言葉を見つけられなかったら大統領府の人間全員をクビにすると脅した、「なぜ私が、人の心を打ち、人の心に残り続けるようなフレーズをひとつも見つけられないバカどもに金を払い続けねばならんのだ、言っておくが、雄鶏が夜明けを告げる[*2]より前に私のためのフレーズを見つけられなかったら、腐ったマンゴーが木から落ちるようにお前たちの頭が次々と落ちていくことになるぞ、そうだ、私からすれば、お前たちはみな腐ったマンゴーにすぎない、わかるだろ、荷造りをし、亡命できるカトリックの国でも探すんだな、亡命か墓か[*3]のどちらかだ、まったくもう、たったいまから誰もこの官邸を出てはならない、私の部屋からコーヒーのにおいがすることは許さない、コイーバやモンテクリストのような葉巻のにおいなんてもってのほか、水もなし、サンドイッチもなし、何ひとつ、何も、何にも口にしてはならない、私だけのフレーズを見つけられるまではダイエットだ、いったいズー・ルキア大臣ごときがどうやって、いまや国中で話題の『私は弾劾する』なんてフレーズを見つけられたんだ、まったく、ここの警備員が言うには、赤ん坊の名前にまでなっているそうじゃないか、それに尻に『私は弾劾する』ってタトゥーを入れた若い娼婦たちがいるなんて、それに皮

*2 『雄鶏が夜明けを告げるとき』は、マバンクが一九九九年に刊行した詩集のタイトル。

*3 『亡命か墓か』はマバンクと同じコンゴ共和国ポワント＝ノワール出身の作家チチェレ・チヴェラ（一九四〇－）が一九八六年に刊行した短篇集のタイトル。アフリカにおける政治権力が題材となっている。パスカル・リスバ政権（一九九二－一九九七）において観光・環境大臣をつとめた。

肉なことだが、客のほうがそのタトゥーを入れるよう娼婦に頼むそうじゃないか、なあ、お前たちのせいで私がどんな目に遭っているかわかっているのか、何も無理難題を言ってるんじゃない、あの程度のフレーズだ、そうだろ、農業大臣のところのニグロのほうがお前たちよりも優れているというのか、なあ、覚えておくんだ、奴のニグロたちにはひとりひとりに公用車は与えられていない、あいつらは省庁のバスを使ってるんだ、給料なんて微々たるものだ、それにひきかえお前たちときたら、この官邸でのんびり過ごし、私のプールで泳ぎ、私のシャンパンを飲み、私についてでたらめな情報を流す外国のテレビ番組を平然と見ながら、私のプチ・フール[*1]を食べ、私のサーモンを食べ、キャビアを食べ、私の庭に人工雪を降らせて愛人たちとスキーをしている、二十人いる私の妻たちと寝ていないのが驚きなくらいだよ、なあ、つまるところ、お前たちは大統領府でいったい何の役に立っているんだ、なあ、ここに来て怠け者みたいにただじっと座っている人間に私は給与を払っているのか、いっそのこと私のバカ犬を大統領府のトップとして雇ったほうがましだ、この役立たずども」、それからアドリアン・ロクタ・エレキ・ミンギ大統領は官邸のドアをバタンと閉め、またしても叫んだ、

＊1　ひと口サイズのケーキ。

＊2　ENAはフランス国立行政学院の略称、ポリテクニークは理工科学校。いずれもエリート養成の高等教育機関。

＊3　古代ギリシャの植民都市シラクサの僭主ディオニシオス二世の臣下ダモクレスが僭主の地位について褒めそやしたところ、僭主は彼を天井から毛髪一本で剣をつるした王座に座らせ、

「ニグロども、この官邸ではもう何ひとつ以前と同じであってはならない、お前たちのような、バカなことをぐだぐだとしゃべるナメクジたちを潤わせるのはうんざりだ、これからは成果で判断することにする、お前たちの中にENAやポリテクニーク[2]出身者がいるなんて、まったくバカげてる」

大統領の声がまだ官邸に鳴り響いているうちに、シャカ・ズールーの槍とダモクレスの剣[3]を頭上にかざされた大統領府のニグロたちは強制的に仕事に取りかかった、それでも、深夜0時頃にはアイデアが尽きた、この国では石油なら大量に湧き出るがアイデアのほうときたらそうはいなかい、そこで彼らがアカデミー・フランセーズの有力な人物[4]に電話しようと考えたのは当然のなりゆきだった、この人物は権威あるアカデミーの歴史の中でただひとりの黒人会員らしい、誰もが土壇場で出されたこのアイデアに賛同し、あのアカデミシャンなら名誉に思ってくれるに違いないと口にした、それから、接続法半過去[5]をバッチリ使い、見事な脚韻のアレクサンドラン[6]で書かれた手紙をしたため、句読点のつけ方を注意深く

王者の身辺には常に危険があることを悟らせたという。

*4　アカデミー・フランセーズは国立学術団体でフランス学士院のひとつ。フランス語の質の維持、辞書の編纂、学問芸術振興を主な役割とする。また一九一四年から現在にいたるまで、アカデミー・フランセーズ小説大賞をその年のもっとも優れた小説に授与している。ここで話題になっているアカデミシャンはフランス領マルティニーク島出身の作家エメ・セゼール(一九一三―二〇〇八)。

*5　フランス語の接続法は、現実のことを述べる直説法とは異なり、願われたことや考えられたことを述べる叙法である。接続法半過去は歴史的に見て使われなくなってきている。

*6　各行が十二音綴の定型韻律詩。

確かめた、笑い者になるのだけはごめんだったからだ、なにせアカデミシャンというのは人を笑い者にすることだけを楽しみにしており、そうすることで自分たちが何かの役に立っていて、小説大賞を授与するだけの存在ではないということを世界中に示したがるんだ、大統領のニグロたちはいまにも殴り合いそうなほどヒートアップしていた、原因はある箇所に関してコンマの代わりにセミコロンをつけるべきだと言う者と、その意見に納得できず文章のスピードを五速にするにはコンマはそのままにしたほうがいいと言う者とで意見が割れたからだ、アドルフ・トマなる人物が編纂した『難解フランス語辞典』によれば前者の陣営の主張が正しいが、辞典とは反対の意見であるにもかかわらず後者の陣営は自分たちの主張を曲げることはなかった、こうした議論が起こったのも例の黒人アカデミシャンを喜ばせたいがためであって、アフリカ大陸におけるフランス語文法の最初のアグレジェ[*1]のひとりである彼を尊敬していたからだ、もしアドリアンのニグロたちが、アカデミシャンはすぐには返事をしないから、丸天井《クーポール》[*2]からの返信の前にシャカ・ズールーの槍やダモクレスの剣が自分たちに振り下ろされるだろう、と考えなかったならば、すべては予定通りに進められていたはずだ、クーポールと

＊1　難関試験に合格しアグレガシオン（高等教育教授資格）を取得したエリート。
＊2　アカデミー・フランセーズの別称。

いうのは、不朽の賢人たちが言語のざわめきに耳を傾けたり、このテクストはエクリチュールの零度だ、[*3]などと独断で宣告したりするあの丸屋根の建物につけられた名前のことだ、ニグロたちが最終的に手紙を諦めたのには別のもっと現実的な理由もあった、大統領府の一員にかつてＥＮＡで学年トップだった男がおり、彼は例の黒人アカデミシャンの全集も所持していたが、彼が言うには、その黒人アカデミシャンはすでに「**理性がギリシャ人のものであるように、感情はニグロのものだ**」というフレーズを後世に残していたらしい、このＥＮＡ出身者は同僚たちに次のように説明した、何でもありだと言っても後世はペトー王の宮廷など[*4]ではない、例のアカデミシャンがもうひとつ別のフレーズを残すことはできない、ひとりにつきひとつしかフレーズは残せないんだ、でなければ空疎なおしゃべりか、ただのから騒ぎになってしまう、だから人類の歴史に残るようなフレーズはどれも短く、簡潔にして、要を得ているんだ、そうしたフレーズが数々の伝承を経て、何百年、何千年の時を超えると、残念なことに誰が残した言葉なのかは忘れ去られてしまい、セゼールの言葉であっても、セゼール自身のものだとは思われなくなるんだ

＊3　『言語のざわめき』（一九八四）、『エクリチュールの零度』（一九五三）はいずれもフランスの批評家ロラン・バルト（一九一五－一九八〇）の著作。

＊4　この表現は、全員が主導権を握りたがり、秩序がなく、結果として合意が不可能な集団、共同体、集会を指す。

大統領兼将軍のニグロたちは諦めず、ギリギリになって別の解決策を見つけた、彼らは自分たち自身のアイデアや発見は捨てることにした、彼らが言うには、この解決策はブレインストーミングというもので、彼らのうちの何人かが通っていたアメリカの名門大学でそう呼ばれていたらしい、ひとりひとりが一枚の紙にこのクソみたいな世界に残された有名なフレーズをいくつか書き出していく、それから投票権が認められている国でやるみたいに検討作業に入るんだ、ニグロたちの上司の権威のもと、それぞれの紙に書かれたフレーズが一本調子で読み上げられる、まずはルイ十四世が言った「**朕《ちん》は国家なり**」、大統領兼将軍である上司は答える、「ダメだ、その言葉はよくない、捨てだな、自己中心的すぎる、独裁者だと思われてしまうぞ、次」、レーニンの言葉「**共産主義とはソヴィエト政府プラス全国土の電化である**[*1]」、ニグロたちの上司は言った、「ダメだ、よくない、国民をバカにしている、とくに電気代が払えない層を、次」、ダントンの言葉「**勇気が、常に勇気が、さらに勇気が必要なのだ**[*2]」、ニグロたちの上司は言った、「ダ

*1　ロシア革命を主導したウラジーミル・レーニン（一八七〇–一九二四）が一九二〇年に国家電化計画を発表した際の言葉。
*2　ジョルジュ・ダントン（一七五九–一七九四）はフランス革命でジャコバン派（急進的革命派）として活躍した政治家。のちに同派内部の対立でロベスピエールによってギロチンにかけられた。この言葉は、プロイセンとの戦争の際に演説で発せられたもの。
*3　ジョルジュ・クレマンソー（一八四一–一九二九）はフラ

メだ、よくない、くどい、それに我々に勇気が欠けているみたいじゃないか、次」、ジョルジュ・クレマンソー[*3]の言葉「**戦争は、軍人たちに任せておくには重要すぎる**」、ニグロたちの上司は言った、「ダメだ、よくない、軍人が気分を害するかもしれない、クーデターが永遠に続くぞ、大統領自身が総将軍であることを忘れるな、自分が何をしようとしているのかよく理解することだ、次」、マクマオンの言葉「**私はここにいる、ここに残る**[*4]」、ニグロたちの上司は言った、「ダメだ、よくない、まるで自分のカリスマ性に自信がもてず、権力にしがみついている人間のようだ、次」、ナポレオン・ボナパルトのエジプト遠征時の言葉「**兵士諸君、あのピラミッドの頂から四十世紀の歴史が諸君を見つめている**」、ニグロたちの上司は言った、「ダメだ、よくない、兵士を無学な人間、偉大な歴史家ジャン・チュラール[*5]の本も読んだことのない人間として扱っているようだ、軍人がバカではないことを国民に示すことこそ我々の使命だ、次」、タレーランの言葉「**これは終わりのはじまりだ**[*6]」、ニグロたちの上司は言った、「ダメだ、よくない、人々はこの国の体制の終わりがはじまると思うかもしれない、我々は死ぬまで権力の座にあると思われているんだ、次」、マーティン・ルーサー・キングの言葉「**私**

ンスの政治家で、第一次世界大戦中、首相として戦争政策を推進し、フランスを勝利に導いた。

*4　パトリス・ド・マクマオン（一八〇八―一八九三）はフランスの軍人・政治家。クリミア戦争で活躍した。敵軍のマラコフ要塞を占拠した際、堡塁が地雷で破壊されて危険なため、すぐ撤退するようイギリス軍将校から伝えられ、この言葉を放った。

*5　ジャン・チュラール（一九三三―）は、ナポレオン時代を専門とするフランスの歴史家。邦訳に『ナポレオン時代の犯罪』がある。

*6　シャルル＝モーリス・ド・タレーラン＝ペリゴール（一七五四―一八三八）は、フランス革命期の政治家。この言葉は、敗戦したナポレオン軍がロシア遠征から帰国した報せを受けて発したとされる。

には夢がある[*1]」、ニグロたちの上司はいらだった、彼は自分のアイドルであるマルコムX[*2]とは反対の立場であるこの男の話を聞きたくなかった、「ダメだ、よくない、ユートピアはうんざりだ、いまだにこの男の夢が実現するのを待っているが、実現するにはあと何世紀もかかるはずだ、さあ、次」、シェイクスピアの言葉「**生きるべきか、死ぬべきか、それが問題だ**」、ニグロたちの上司は言った、「ダメだ、よくない、生きるべきか死ぬべきかを自問することはもうない、もう二十三年間権力の座についているのだからこの問いはすでに解決済みだ、さあ、次」、カメルーン大統領ポール・ビヤの言葉「**カメルーンはカメルーンだ**[*3]」、ニグロたちの上司は言った、「ダメだ、よくない、カメルーンがこれからもカメルーンだなんて誰でも知っているし、世界のどんな国もカメルーンからその実態やライオンを盗もうなんて考えやしない、だいたいライオンなんて飼い慣らせないしな、さあ、次」、かつてのコンゴ共和国大統領ヨンビ・オパンゴの言葉「**よりよい明日を生きるため、苦しい今日を生きる**[*4]」、ニグロたちの上司は言った、「ダメだ、よくない、この国の人々を決して世間知らずのお人よしだと考えてはいけない、よりよい今日を生き、未来なんて気にしなければいいじゃないか、そうだ

＊1　アメリカ公民権運動の指導者マーティン・ルーサー・キング牧師（一九二九－一九六八）が、一九六三年の人種差別撤廃を求める「ワシントン大行進」で行った有名な演説の中の言葉。

＊2　マルコムX（一九二五－一九六五）はキング牧師と同様、黒人解放運動の主導者だが、非暴力による運動を批判し、黒人と白人の分離を訴えた急進派。

＊3　ポール・ビヤ（一九三三－）は一九八二年から現在まで大統領をつとめている。これは外国からの民主主義モデルの導入に対する返答の言葉とされる。サッカーを政治利用していることでも知られているが、ナショナルチームの愛称は「不屈の（飼い慣らせない）ライオン」である。

＊4　ジョアキム・ヨンビ・オパンゴ（一九三九－二〇二〇）は一九七七年から七九年までコン

ろ、その上、この言葉を言った男はこの国の歴史上もっとも不愉快なくらい裕福な生活を送っていた、さあ、次」、カール・マルクスの言葉「**宗教は民衆のアヘン**」、ニグロたちの上司は言った、「ダメだ、全然よくない、いまは、神こそがこの大統領兼将軍を必要としているのだということを国民に説得しようと時間を費やしているんだぞ、それに宗教についてはまだまだこれから悪評が立つだろう、この国のすべての教会は大統領から補助金を受け取っているということを知らないのか、まったく、次だ」、フランソワ・ミッテラン大統領の言葉「**時間をゆっくりかけなければならない**[*5]」、ニグロたちの上司はいらだった、この男の話など聞きたくなかったからだ、そこで彼は言った、「ダメだ、よくない、この大統領はすべての時間を自分自身のために費やした、そして、彼は敵も友もほぼ壊滅させたあとでうやうやしく身を引き、神の右に座したんだ、さあ、次」、フレデリック・ダール別名サン・アントニオ[*6]の言葉「**兄弟はハゲたときに打て**」、ニグロたちの上司は言った、「ダメだ、よくない、この国はハゲだらけだ、とくに政府の奴らはハゲだらけだ、彼らの機嫌を損ねるべきではない、私自身もハゲているし、さあ、次」、大カトの言葉「**デレンダ・カルタゴ**（カルタゴ滅ぶべし）[*7]」、ニグ

ゴ共和国の大統領をつとめた。これは、現在の大統領ドニ・サスヌゲソ（一九四三－）との政争に敗れた七九年に語られた言葉。
＊5　フランソワ・ミッテラン（一九一六－一九九六）は、フランスの政治家で、一九八一年から九五年まで大統領をつとめ、退任後、すぐに病没。この言葉はセルバンテス『ドン・キホーテ』を参照したものと言われている。
＊6　フレデリック・ダール（一九二一－二〇〇〇）はフランスの推理作家でサン・アントニオ名義でも作品を発表している。マバンクはダールの愛読者。
＊7　ローマの政治家・軍人マルクス・ポルキウス・カト・ケンソリウス（前二三四－前一四九）、通称「大カト」が、地中海の覇権を争うカルタゴの絶滅を望み語ったとされる言葉。ここではラテン語のまま用いられている。

ロたちの上司は言った、「ダメだ、よくない、この国の南部の人間は北部の言語だと思うだろうし、北部の人間は南部の言語だと思うだろう、*1 そんな勘違いは避けるべきだ、さあ、次」、ポンテオ・ピラトの言葉「**エッケ・ホモ**（この人を見よ）」*2、ニグロたちの上司は言った、「ダメだ、よくない、大カトの駄作と同じ感想だ、次」、十字架にかけられた瀕死のイエスの言葉「**我が神、我が神、なぜ私をお見捨てになったのですか**」、ニグロたちの上司は言った、「ダメだ、よくない、あまりに悲観的な言葉だ、現世をめちゃくちゃにできるだけのあらゆる力を手にしたイエスのような男にしては泣き言が過ぎる、次」、ブレーズ・パスカルの言葉「**クレオパトラの鼻がもう少し低かったら、大地の全表面は変わっていただろう**」、ニグロたちの上司は言った、「ダメだ、よくない、いま重要なのは政治であって、美容外科ではない、さあ、次」、こうして大統領のニグロたちは無数の引用と数多の歴史的名言を詳細に検討したが、ニグロたちの上司は「ダメだ、よくない、次」しか言わず、この国でもっとも地位の高い人物にふさわしいフレーズを見つけることができなかった、そして、午前五時、雄鶏が最初に鳴き声を上げる前に、モノクロのドキュメンタリー映画をチェックしていた参事官のひとりが、

*1 コンゴ共和国は公用語のフランス語の他に、北部では主にリンガラ語が、南部では主にキトゥバ語が用いられている。

*2 新約聖書でイエス・キリストの処刑に関与した総督として知られるピラトが、磔刑を前にイエスを侮辱し騒ぎ立てる群衆に向けて発した言葉。

*3 グリルしたチキン料理。放し飼いにされた鶏が自転車（ビシクレット）のように走り回っていることからこう呼ばれたという。売人が鶏を抱えて自転車で移動するためという説もある。

*4 カメルーンの部族で、仮面や彫刻、太鼓などで有名。

*5 シャルル・ド・ゴール（一八九〇－一九七〇）はフランスの政治家・軍人。ナチス侵攻によるパリ陥落後、ロンドンに亡命して自由フランス政府を樹立し、徹底抗戦を呼びかけた。第

とうとう歴史的なフレーズを見つけた

お昼十二時きっかり、国民がプーレ・ビシクレット[3]を味わうためにテーブルにつく時間だ、大統領兼将軍はいくつかのラジオ番組とこの国で唯一のテレビチャンネルを占拠していた、場の空気は重く、大統領はバミレケ族[4]の太鼓の皮のようにピンと体をこわばらせていた、後世まで残るフレーズを発表するのにどのタイミングがよいかは簡単な問題ではなかった、そして、あの忘れがたい月曜日、盛装し、重い金のメダルをいくつも身につけた大統領の姿はまるで、支配力が翳《かげ》りはじめた族長のようだった、あの忘れがたい月曜日に、彼がそんなふうに着飾っていたため、人々は大統領の祖母の死を記念するヤギ祭の日と勘違いした、緊張をまぎらわせようと咳払いをしてから、彼はヨーロッパ諸国の批判から話をはじめた、彼らは独立という言葉の輝きで我々を欺いた、実際にはいまなお我々は従属したままだ、大通りの名称にはまだド・ゴール将軍[5]、ルクレール将軍[6]、コティ大統領[7]、ポンピドゥ大統領[8]の名が残っているが、ヨーロッパの大通りにはモブ

二次世界大戦後、臨時政府の首相をつとめたが、共産党などと対立して辞任。植民地アルジェリアの独立問題で混乱する中、一九五八年、保守派に支持されて首相に復帰したのちに、第五共和政を樹立して最初の大統領となった。六二年三月、アルジェリアの独立を承認した。

*6　フィリップ・ルクレール（一九〇二―一九四七）はフランスの軍人。第二次世界大戦中、ド・ゴール将軍の指令により自由フランス軍の部隊を率いてノルマンディー上陸作戦に参加し、パリ入城を果たした。

*7　ルネ・コティ（一八八二―一九六二）は第四共和政の最後の大統領（任期：一九五四―五九）。

*8　ジョルジュ・ポンピドゥ（一九一一―一九七四）はド・ゴール政権で首相をつとめ、その後、大統領となった。

ツ・セセ・セコ、[*1]イディ・アミン・ダダ、[*2]ジャン＝ベデル・ボカサ、[*3]その他大勢の著名人、その王国、ヒューマニズム、人権遵守の姿勢から大統領が評価している人物の名は見当たらない、だから我々はなお彼らに従属しているんだ、彼らは我々の石油を搾取しながら本音は言わず、自国で冬を過ごせるよう我々の森林を伐採し、ＥＮＡやポリテクニークで我々の国のリーダーを育成し、惨めな白いニグロに仕立てている、バナニアのニグロ[*4]が戻ってきたというわけだ、そんなニグロはとうに茂みの中に消えたと思っていたが彼らはいまこの国にいて、いつでも行動する準備ができている、大統領は息を切らし、拳を握りしめ、そんなふうに意見を表明した、植民地主義に関するこのスピーチの中で、大統領兼将軍は憤怒と挑発を露《あら》わにして資本主義を非難した、彼は言った、何もかもユートピアだと、とりわけ彼が非難したのは植民地主義者の下僕の現地人たちだ、連中はこの国で暮らし、バーで俺たちと食事やダンスをともにし、同じ交通機関を利用し、畑やオフィスや市場で一緒に働いている、この諸刃の剣のような連中は俺たちの妻ともやることをやっているんだが、チヌカ川[*5]で死んだ俺の母のことを思うと、その内容をここで記述するのは控えておこう、ともあれ、この連中は実際には帝国主

*1　モブツ・セセ・セコ（一九三〇－一九九七）はザイール共和国（現コンゴ民主共和国）の大統領。クーデターによって大統領就任以後は、三十年以上にわたって独裁体制を維持し、莫大な資産を不正に蓄財していた。

*2　イディ・アミン・ダダ・ウミー（一九二五－二〇〇三）はウガンダの軍人・政治家。大統領として暴力的な独裁体制を築き、国民を大量虐殺したことから「黒いヒトラー」と呼ばれた。

*3　ジャン＝ベデル・ボカサ（一九二一－一九九六）は中央アフリカ共和国の大統領で、一九七六年には帝国へと国号を改称し皇帝となって独裁体制を強化した。ここで名前の挙がっている三者は強硬な「独裁者」として有名。

*4　バナニアは粉末のココア飲料。植民地時代、セネガルの

義者のスパイだ、帝国主義と植民地主義におもねるそうした連中のことをスナノミやシラミやダニのごとく忌み嫌っていたもんだから、大統領兼将軍の怒りは十段階上がったと言っていい、裏切り者、操り人形、偽善者どもを追い詰めなくてはならない、と彼は言い、きっぱりとそうした連中を似非信心家《タルチュフ》、気で病む人、人間嫌い、成り上がり百姓と呼んだ、彼は言った、プロレタリア革命が勝利を収めるだろう、敵は打ち負かされ、元の場所に追い返されることになるだろう、神は我々とともにある、この国は神のごとく永遠だ、彼は国の一致団結、部族間抗争の終焉を訴えた、それから我々はみな同じ祖先を持っているのだと語った、最後に国を二分している「**ツケ払いお断り事件**」のことに触れ、《頑固なカタツムリ》の率先した行動を賞賛し、レジオン・ドヌール勲章[*6]の授与を約束した、それから彼は、何としても後世に残したい言葉でスピーチを終えた、何度も繰り返されたので、あれが彼にとって後世に残したい言葉だということは明らかだった、彼はセコイアの木を抱きしめるように両手を大きく広げ、こう繰り返したのだ、「諸君の気持ちは理解した」[*7]、このフレーズもまた国中で有名になり、俺たち庶民はよく冗談で口にするようになった、「大臣は弾劾し、大統領は理解する」と

黒人を描いた絵がパッケージに用いられ、コロニアルな黒人イメージを定着させた。

＊5　ポワント＝ノワールを流れる小さな川。

＊6　ナポレオン・ボナパルトによって一八〇二年に創設されたもの。文化・科学・産業・商業・創作活動などの分野における民間人の「卓越した功績」を表彰することを目的としており、フランス政府より授与される。

＊7　民族解放戦線主導でフランスからの独立運動が盛んになった一九五八年のアルジェリアにおいて、「フランスのアルジェリア」を支持する暴動が起こった。この騒乱を鎮定するため権力に復帰したシャルル・ド・ゴールは、アルジェを訪問し、植民者（コロン）や軍人ら群衆の前でこの言葉を発した。だが何を理解したかは明言しなかった。

何年も前に《頑固なカタツムリ》自身が語ってくれたように、彼はカメルーンのドゥアラに滞在し、そこで自分の店を開こうと思ったらしい、ニュー・ベルという庶民的な地区で、開店以来一度も閉まったことのないという、カメルーン人が経営する〝ラ・カテドラル〟[*1]という名のバーを見つけた《頑固なカタツムリ》は、店の様子に唖然とし、それから席について、フラッグ[*2]を注文した、ひとりの男がやってきて、自分はずっと昔からここの主人だと自己紹介をした、彼は皆から《荒野のオオカミ[*3]》と呼ばれていると言った、《頑固なカタツムリ》によれば、この男はいまにも消えそうな、エジプトのミイラみたいな風貌だったという、大

＊1　ペルーの作家マリオ・バルガス＝リョサ（一九三六－）の一九六九年の小説『ラ・カテドラルでの対話』の舞台。居酒屋〝ラ・カテドラル〟での会話を通して独裁政権下のペルー社会を描き出す。

＊2　西アフリカ諸国で飲まれているモロッコのビール。

切なのは自分の商売だけで、みそっ歯を磨くことやまばらに生えた固いあご髭を剃ることすら、彼にとっては時間の無駄だった、彼はコーラの実[*4]を噛み、カビの生えたたばこを吸い、まるで、おとぎ話に現れる空飛ぶ絨毯にのって動き回っているようだった、《頑固なカタツムリ》はこの商売人に数多の質問を投げかけたが、彼はためらうことなくすべて答えた、それで《頑固なカタツムリ》は理解した、数年間店を閉めないためにこのカメルーン人の主人が大切にしたのは、裏切らない従業員たち、厳密な経営、そして自分自身が店に立つことだった、彼は毎朝毎晩〝ラ・カテドラル〟に顔を出した、従業員は、彼がそんなふうに毎朝毎晩姿を見せるものだから、〝ラ・カテドラル〟は朝晩祈りを行う本当の意味での礼拝の場なんだと確信した、ただ、予想した通り、《荒野のオオカミ》は店の正面に自分の住処を持っていた、オオカミだけに、必ずその尻尾が目に入るほどの距離で、彼は片目だけで眠って始終店を監視していた、酒を飲んだ客の人数と、飲まなかった人数を数えていたし、飲み物を頼まないで無駄なおしゃべりばかりする客の名前を覚えてもいた、自分の寝ぐらから聞き耳を立てるだけでワインが何本売れたかもわかった、真夜中になると目を覚ましてうんち《カカ》通りを渡り、迷惑な

＊3　ドイツ出身でスイス国籍の作家ヘルマン・ヘッセ（一八七七―一九六二）の一九二七年の小説。ありきたりな日常生活を繰り返しながら、そのような生き方に疑問をもち、そこから逃れたいと思う男の話。普通の市民生活になじめないでいる自分を「荒野のオオカミ」になぞらえた。

＊4　西アフリカで栽培されており、ポリフェノールやカフェインなどの成分を含んでいるため、興奮剤や嗜好品として消費されている。

客を追い払った、そういう輩《やから》には、ここはモハメド・アリ[*1]の熱狂的なファンのためのザイールのリングじゃないと告げた、彼は〝ラ・カテドラル〟の客にとっての基本的な権利と義務を注意喚起した、オクメ材の一枚板に客の権利と義務を刻み、バーに入るとこの規則一覧が必ず目に入るようになっていた、権利のいくつかをここに挙げておこう、給仕に反対されることなくワインを選ぶ権利、翌日のために余ったハーフボトルはキープできる権利、十日間店に通った客にはボトル一本が無料になる権利、もちろん義務もあった、これもいくつか挙げておこう、喧嘩をしないこと、店の中ではなくうんち通り《カカ》で吐くこと、《荒野のオオカミ》の勧めで店に来ているのではないと認めること、給仕を侮辱しないこと、注文したものが出されたらすぐに支払いをすること

ニュー・ベルに滞在中、我らが主人はずっとそのバーに居座り、客と給仕の行動をつぶさに観察した、《荒野のオオカミ》とは話し込んですぐに友達になれた、そこで《頑固なカタツムリ》はバーという特別な商売に魅了され、大急ぎで

＊1　モハメド・アリ（一九四二–二〇一六）は伝説的なアメリカのボクサーで、若くして世界王座に輝いた。マルコムXから影響を受けており、反戦活動と公民権運動に積極的にコミットしていた。一九七四年十月三十日、ザイール共和国（現コンゴ民主共和国）の首都キンシャサでWBA・WBC世界ヘビー級統一王者ジョージ・フォアマン（一九四九–）に挑戦し、劇的な逆転KO勝利を収めたことから、この試合は「キンシャサの奇跡」と呼ばれた。

自分の国に戻ることにした、彼はニュー・ベルで見たことをそのままやろうとしか考えていなかった、だが、それには金が必要だった、言葉だけでは夢はかなえられない、しかし《頑固なカタツムリ》にはありあまるほどの意欲があった、彼は貯金をはたき、いたるところから借金をした、バーを開く計画を口にすると皆から笑われた、人々は税関の衛生担当に引っかからずにサーモンを持って旅行する方法[*2]を見つけるようなもんだと言った、それでも彼は四卓のテーブルと二メートルもないカウンターで少しずつ自分の事業をはじめた、客足が伸びたのでテーブルは八卓になり、さらに客が増えたので二十卓になり、さらに行列ができて客が待たなくてはならなくなったのでテラス席をふくめてテーブルは四十卓にまで増えた、誰もが《頑固なカタツムリ》がちゃんとした経営をしていることを知っていただけに、バーは町中で話題となり、噂はどんどんと広がっていった、彼はごまかすことなく期日までに税金を支払っていた、営業許可税を支払い、あれこれの認可のための金を払った、彼にはあらゆる書類の提出が求められた、それには洗礼証明書や、ポリオ、黄熱病、脚気《かっけ》、睡眠障害、多発性硬化症に対するワクチン接種証明書も含まれていた、彼にはまた手押し車や自転車の免許証も求めら

＊2　『サーモンと一緒に旅行する方法』はイタリアの作家ウンベルト・エーコ（一九三二–二〇一六）の時評集『Il secondo diario minimo』（一九九二）の英仏訳のタイトル。

れた、深夜0時に閉店するバーには入らないガサ入れも執拗に受け、日曜休みのバー、祝日休みのバー、近親者の葬儀の日は休みにするバー、何かにつけて休みにするバーには課されないことが彼の店には課された、いずれ潰れるぞ、そうなったら〝タイタニック〟というふさわしい名前をつけてやる、と脅されたこともあった、いずれ茹でたジャガイモを食うことになるだろう、とか、きっと浮浪者、神の森の木片[*1]、地に呪われたる者[*2]になるだろう、とか、昔の哲学者のように酒樽の中で寝る[*3]はめになるさ、などと言われた、それでも《頑固なカタツムリ》は変わらずに営業を続け、チェスのプレイヤーのようにぶれないで、このいかがわしい戦いを数年にわたってやり過ごした、すると嫉妬していた奴らも難癖をつけることに飽きてしまった、彼は愚か者たちの結託には抵抗した、別の店主たちは彼のことを魔術師、フーディーニ[*4]、アル・カポネ[*5]、十二本指の殺人鬼アングアリマ[*6]、地元のレバノン人、さまよえるユダヤ人[*7]、そしてとりわけ資本主義者などと呼んだ、ひどい侮辱だ、よく知られているように、この地で資本主義者と呼ばれることは、ママのマンコ、妹のマンコ、父方か母方のおばのマンコ、などと罵られるよりもひどい、大統領兼将軍のおかげで俺たちは資本主義者を嫌悪している、こ

＊1　原語は単数形だが、複数形の『神の森の木々』はセネガルの作家・映画監督であるセンベーヌ・ウスマン（一九二三－二〇〇七）の一九六〇年の小説。

＊2　『地に呪われたる者』（一九六一）はフランス領マルティニーク島出身の作家・精神科医フランツ・ファノン（一九二五－一九六一）の植民地主義批判の書。

＊3　古代ギリシャの哲学者ディオゲネス（前四一二－前三二三）のこと。

＊4　ハリー・フーディーニ（一八七四－一九二六）はアメリカ史上もっとも有名な奇術師のひとり。

の国では誰を何と呼んでもいいが、資本主義者だけはダメだ、そう呼べば暴力に訴えられても文句は言えない、社会階級間の激しい闘争、命がけの決闘すら正当化される、というのも、資本主義者とはこの国では悪魔を意味するからだ、資本主義者は腹が出ていて、キューバ産の葉巻を吸い、メルセデス・ベンツに乗り、ハゲた利己主義の金持ちで、闇取引やその他諸々に手を染め、男による男の搾取、女による女の搾取、男による女の搾取、女による男の搾取に関与している、ときには動物による人間の搾取にさえも、というのも、この国には資本主義者が飼うペットに食事をさせたり、そうしたペットの面倒をみたり、散歩したりすることで生計を立てている人間がたくさんいるんだ、そういうわけで、我らがバーテンダーは資本主義者呼ばわりされたが、そんなひどい侮辱もやり過ごし、《頑固なカタツムリ》は耐え抜いた、殻を作るカタツムリのように自分の分泌物の中に避難したんだ、それから風が吹き、ハリケーンが、竜巻が、サイクロンが吹き去った、《頑固なカタツムリ》は体を折り曲げていたものの、屈することはなかった、彼が耐えられたのは開業当初から彼を支援した俺たち客のおかげだと少しは言えるだろう、そうでなければ、店を開業した最初の数か月、彼はカウンターで居眠

＊5　アル・カポネ（一八九九―一九四七）はアメリカ合衆国のギャング。禁酒法時代のシカゴで酒造とその密売を行っていた。

＊6　マバンクの小説『アフリカン・サイコ』（二〇〇三）に登場する伝説的な連続殺人犯。

＊7　ヨーロッパで広まった伝説で、磔刑に向かうイエスを罵倒したために、最後の審判の日まで放浪する運命を追わされた呪われたユダヤ人を指す。

りをしていたに違いない、その頃は信頼できる従業員はいなかったので、自分のいとこたちに手伝ってもらっていたが、奴らは夜明け頃にスズメの涙ほどの売上をくすねるような恥知らずだった、朝目が覚めるとレジは半分空《から》なのに、客たちが飲んだ山のようなワインの空き瓶が転がっていた、彼はすぐに気がついた、家族と商売とを一緒にしちゃダメだ、まじめな人間、責任感のある人間を採用しなければならないと、幸運なことに清廉潔白なふたりの男が見つかった、ふたりとも純朴な心の持ち主だった、ひとりはモンペロという名で、以前は葬儀人夫だった、よほどのことがない限り彼が笑顔を見せることはなかった、この男に向かって冗談を言おうとすら思わないほうがいい、彼にとって笑いとは人間に本来備わったものじゃない、そしてツケ払いなんか頼んじゃいけない、「いますぐに料金を払うか、ケツを一発蹴り上げてここから出ていくかだ」、モンペロならそう言うはずだ、彼が人と話している姿を俺は一度も見たことがない、一度もないというのは誇張なんかじゃない、彼は石のごとく無表情で、眉毛は山型の記号、唇は吸盤のような形で、プロレスラーのように筋骨隆々だった、噂では、ある日、怒りに任せて思いきり何の関係もない果樹に平手打ちを喰らわせたら、罪のないその木の葉っぱが一度に全部落ちたらしい、また別の噂では、彼が怒っているとき、本当に腹を立てているときには、二リットルのパーム油と、コップ一杯の大蛇《ボア》の脂肪を飲ませて、さらに一キロのタマネギを食べさせなくちゃいけないらしい、地元の人は知っているが、モンペロには喧嘩を売ってはならない、ひどいことになるのは目に見えているからだ、もうひとりの給仕の名はデンガキ、かつてベベ族[*1]のサッカーチームのゴールキーパーだった、彼は残忍なシリアルキラーよりもナイフの扱いがうまく、ボトルが床に落ちて割れる前にキャッチすることができる、感じがいいときもあるが、普段はそこまでじゃない、同僚のモンペロが彼をなだめ、客と関わりを持ったり、客になれなれしくしたりするのは得策じゃない、なんて口にすることもよくあるんだ、問題があれば筋肉を見せつけるのはモンペロで、デンガキのほうはまず全権大使のように振る舞い、それからズボンのポケットに隠しているナイフを出すぞと脅す、さて、このふたりはバーの開店時間から店にいる、ふたりとも自分の仕事が好きで、それについて言うことはない、ひとりが昼間に働き、もうひとりが夜働く、そんなふうに交互に仕事をしている、ときにはモンペロが一週間ずっと昼間のシフトで、デンガキが夜のシフトのこと

＊1　本書13ページの注11（「ベンベ語」の注）を参照。

もある、この仕組みについて意見の不一致は一度もなく、機械は数年来、円滑に動いている、〝ツケ払いお断り〟は休みなく常時開店しており、人々は幸せな気持ちで、時間を気にせず、帰宅を急ぐ給仕にラストオーダーをしなくてはと考える必要もない、そんな給仕だったら、あと数分で店が閉まるぞ、とがなりたてた上で、こう言うだろう、「グラスを空にして、家に帰れよ、手の施しようのない飲んだくれども、奥さんと子どものところに帰って、美味い魚のスープでも飲み干して、体の中に残っているアルコールを消すんだな」

狂犬のように家から追い出されたあの父親のことは忘れられない、二か月以上前だったが、奴には大いに笑わせてもらった、つまりまあ、そいつはかわいそうな奴で、いまでは乳児みたいにオムツのパンパースを穿《は》かなくちゃいけない有様、そんな状態を笑いたいわけじゃないんだが、悲しいかなそれが現実だ、俺は何も尋ねることはなく、ただ彼の目をまっすぐに見ていただけだった、それから彼は宣戦布告でもするように俺にこう言った、「何見てんだよ、《割れたグラス》、俺の写真でも欲しいのか、放っといてくれ、あっちでしゃべってる連中のほうを見ろよ」、俺は落ち着き、冷静さを保っていた、こんな望みのない人間に熱弁を振るっても仕方がないが、それでも俺はこう言ってやった、「なあおい、他の人を見るみたいにお前さんのことを見ているだけだよ」、「そうか、でも変な目で俺のことを見てるだろ、そんなふうに人のことは見ないもんだぜ」、冷静さは保ったまま俺はこう答えた、「お前自身は俺のほうを見ていないのに、どうして俺がお前を見てることがわかるんだよ」、すると奴は立ちすくみ、まるで自分で仕掛けた罠にかかったように、「俺はしゃべらないぞ、お前に俺の人生のことは何ひとつ話さない、俺の人生はオークション品じゃないんだ」みたいなことをつぶやいた、そんなふうに彼は混乱していた、俺がこんな男の話を聞きたいわけがない、この手の奴はいる、こういう連中は何かをぶちまけたいとき、相手をからかったり、どやしたりして、自分が話さざるをえないよう仕向けるんだ、長年〝ツケ払いお断り〟の客の心理分析をしてきた俺からすればおなじみのやり口だ、「話してくれなんて頼んでいないよ、お前さんは、俺のことをよく知らないだろ、周りに訊《き》いてみるんだな、この俺、《割れたグラス》が、この店で誰かに人生使用法を尋ねたことがあるか、誰かの人生をオークションで売ってくれって頼んだことがあるかを、なあ」、するとその男はついにこう言った、「《割れたグラス》、人生は本当に簡単じゃない、すべてはあの日、朝五時に帰宅したあの日にはじまったんだ、まったく、あの日、俺は自分の鍵が鍵穴に入らず、玄関の鍵が交換されていることに気づいたんだ、自分の家なのに中に入れなかったんだよ、俺が借りていた家、しかも、見つけたのも俺だし、敷金を払ったのも俺だ、父と母と六人の子どもたちの名にかけて誓うよ、フォークひとつ運んでいない引越し前の段階で十二か月分の家賃と当月分とを合わせて支払ったんだ、働いていたのは俺だけだったからな、妻については話題にすること自体やめておこう、でないとすぐに頭にきちまう、あれは本当に女じゃない、萎れた花の入った花瓶、もう果実のならなくなった木だ、女じゃない、それは言っておく、いざこざを詰め込んだバッグさ、ボボ・ディウラッソ[*1]のイモ野郎や資本主義者みたいに家でまったりのんびりしながら、俺が稼いだばかりの現金をただ家で待っているだけだった、彼女は、離婚した年増の気取ったデブ女やトロワ＝サン地区の未亡人、くさい腰巻きを巻いた魔術師の女や、肌を漂白している変態女、いまや白人のほうが黒人みたいになろうと髪を編み込んでいる時代に白人みたいになろうと髪の毛をストレートにしている口汚い女、そういう連中と朝も昼も夜も家で堂々巡りのおしゃべりを

＊1　ブルキナファソの西部に位置する都市。首都ワガドゥグーに次ぐ規模をもち、古くから交易の中継地として栄えている。

延々と続けていたんだ、おかしいってのがわかるだろ、《割れたグラス》、俺の妻はつまるところ、クソッたれの不倫相手と会うために教会にお祈りに行くビッチたちとつるむような女なんだ、はっきり言って教会だと簡単にヤれるからな、もはや神の家に対する敬意などないんだよ、もっともその神さまもどこにいらっしゃるのかすら俺にはわからないけどね、何にせよこの町の教会ではないことは確かだ、実際、あの変態女、意地悪女どもは信じているんだ、もし神が存在しているならすべてを許してくれるはずだと、どんな罪であっても、エルサレム聖書が禁ずるどんな愚行でも、すべて許してくれるはずだと、はっきり言ってこのあたりの教会はめちゃくちゃヤれる場所なんだ、乱交、複数プレイをするのにあれ以上うってつけの場所はないよ、人がひしめく偽の神の家はそのための最高の場所さ、誰でも知ってるよ、政府の人間すらね、その中には聖なる姦淫の館の運営に出資している者すらいる、でもな、それは本当の教会じゃないよ、エルサレム聖書を利用し、歪曲し、書きかえ、傷つけ、汚し、踏みにじり、凌辱する剃髪した狂信家たちが運営しているんだから、そいつらは男であれ女であれ信者たちと本当にセックスをするんだ、そう、教会にはホモも、小児性愛者も、動物性愛者も、レズビアンもいる、お祈りとお祈りのあいだに、アヴェ・マリアとアヴェ・マリアのあいだにヤッちまうのさ、それにロアンゴ、ヌジリ、ディオッソの高い山々に巡礼に向かうときにもあいつらはヤるんだ、巡礼の表向きの理由は、俺たちみたいな無宗教の人間、信仰心の薄い人間、ペリシテ人、迷える羊たち、パリサイ人から離れてしっかりと瞑想に耽るためということだが、そんなわけないだろ、ヤりまくるために行くんだよ、俺は声を大にして言うよ、『モーゼよ、降臨せよ』、あいつらはイカれちまった、三つの山への巡礼のときですら、あいつらはヤってるんだ、俺の妻もそんな愚行に参加していたんだ、妻が死ぬほど崇拝するあいつらの教祖と一緒にね、その教祖は紅海の波がきてもまだナプキンの替え方すら知らない若い娘たちと、あちこちで手当たり次第に子どもを作ってるんだ、奴は巨万の富を手にしていて、アメリカの禁輸措置が一世紀続いてもこの地区の人間を食わせていけるほどの大金持ちなんだ、その金はあんたから、俺から、そしてこの国のすべての人間から巻き上げたものさ、あの悪党はものすごい金持ちなんだよ、奴は政府高官たち全員と知り合いで、首相や軍隊の大佐たちと一緒に撮った写真を持っているらしい、それに、ヤギ祭のときに貧しい人間に配給する動物の半数を所有しているらしい、教祖は毎週日曜日に自分のテレビ番組を持っていて、まじめな顔つきで、アメリカの黒人説教師のように話すんだ、テレビで話すときには無信仰の人間を脅し、地獄の炎、最後の審判、その他諸々が必ず彼らに訪れると説いている、そういうやり方で信者を増やし、天文学的な額の金を集めているんだ、教祖が話すと画面に電話番号が映し出されるんだ、奴の周りには白い服を着た子どもたちがいて、主《しゅ》イエス・キリストではなく教祖を賛美する歌を合唱する、人々は、あの詐欺師への寄付が大きいほど天国への扉に近づけると信じていて、他人より多くの寄付金を払おうとするんだ、俺はあの教祖の顔が嫌いだ、奴は太った意地悪なブッダ、もっと言えば堕落したブッダみたいなんだ、護衛のために政府軍から軍人を与えられているあの盗人をどうやったら攻撃できるっていうんだ、なあ、奴に会おうと思ったら数週間も前に予約をとらないといけないし、秘書たちは誰も教祖に近づかせはしない、わかっただろ、これは単に父なる神の話ではないんだよ、純粋な商売の話なんだ、事実をそのまま話そう、この商売は上々で、教祖はロアンゴ山、ヌジリ山、ディオッソ山にハーレムを築いていて、巡礼は一大セックス・ツアーなんだよ、それで俺の妻は一週間、家庭を捨てて、あの山々へと向かったんだ、神聖さのかけらもないが、妻にとっては魂の山だったんだ」

その日の《パンパース男》はうまく言葉が見つからずたどたどしく話している感じだったが、急に本調子になり、俺が理解しているかどうかなどお構いなしに自分の話を続けた、「だからさあ、《割れたグラス》、妻は俺の外出を禁止しやがったんだ、彼女はそんなふうに俺に命令できる立場じゃないだろ、おまけに家の支払いは俺が全部やってるんだぜ、なのに全権を握っているのは彼女だったんだ、この崩れゆく世界のどこでそんな状況にお目にかかれるっていうんだ、なあ、そんなの見たことないだろ、レックス地区[*1]の娼婦のところに合法的にちょっと甘えに行くことも妻は許さなかったんだ、おかしな話だよ、じゃあ妻がロアンゴ山、ヌジリ山、ディオッソ山で教祖と作業しているあいだ、俺は何をしていればよかったんだ、なあ、あのあいだに何をすべきだったっていうんだよ、見物人みたく腕を組んでりゃよかったのか、なあ、エルサレム聖書を読んでいればよか

＊1　本書10ページの注2（「トロワ＝サン地区」の注）を参照。

ったのか、なあ、家で赤ん坊をあやしてりゃよかったのか、なあ、赤ん坊に食事の準備なんかしてさあ、俺は寝取られ夫でも構わない、だけど寝取られるなら死んだあとのほうがいい、わかるだろ、寝取られるのはいいよ、でも宗教家と結託してはダメだ、本当なら天国への道を示してくれるはずの人間とヤるのは許せない、俺はなあ、俺そっくりの娘は別として、自分の子どもの中に本当は教祖の子どもがいるんじゃないかと思うことがあるんだ、わかるだろ、あのとき俺は何をすべきだったんだよ、なあ、確かに俺はレックス地区の娼婦が好きだ、そう、若い娘たちのセンスが好きなんだよ、とくにレックス地区の娘たち、あの娘たちこそ本物の主《しゅ》に選ばれた女だ、彼女らはモノ自体の扱い方を知っている、生まれながらにその才能が腰回りに宿ってるんだよ、結婚してひとつ屋根の下で妻と暮らすようになった男は、あれほどの驚きや震動を感じることはないだろう、彼女たちはスゴいんだよ、《割れたグラス》、あれは火山だ、あの娘たちは、お前に天国を約束してくれる、しかもきちんとラッピングしてプレゼントしてくれるんだ、それに比べて、家にいる妻たちときたらもうどんな約束も果たしてはくれない、レックス地区の娘たちはすごくセクシーな娘たちさ、ゴムみたいに弾力があって柔らかく、刺激的で、甘くて、熱っぽいんだ、彼女たちは耳元でささやいて、正確に勃起まで導いてくれる、休んでいる発電機を稼働させるにはどこを触ればいいか知っているし、環状交差点でエンストさせない仕方も知っている、タービンの回し方も、ギアチェンジの仕方も、加速の仕方も心得ているんだ、幸せな気持ちになるし、人生はこれからだって思えるんだ、いったいどうしろって言うんだよ、《割れたグラス》、自分の金を使ってるんだぜ、自分の金で何をしようが俺の勝手だろ、違うかい、何だって俺のタマはこんなふうに妻に潰されなくちゃならなかったんだ、しかも正直に言えば、妻はあっちのほうはうまくなかったんだ、そうじゃなきゃ、このあたりのバカ男どもと同じように俺だってずっと家にいたよ、でも妻ときたらずっと天井の板金を見ているばかりで、俺はいつも爪をきれいにするように言われ、レックス地区の娘たちのほっそりした体つきのことを考えるしかなかったんだ、俺がトロワ＝サン地区のつまらないサイクリストみたいに彼女の上でせっせと動き回っているあいだ、妻は売女みたいに絶頂に達する振りくらいはできたはずだ、そういえば、お前に公然の秘密を教えてやるよ、《割れたグラス》、ある日、妻は俺が彼女の上で身をよじらせていたのを突然、無理やり終わらせたんだ、理由はテレビドラマ『サンタ・バーバラ』の最終話を見逃したくなかったからだって、俺はガス欠になっちまって、もうエンジンはかからず、バッテリーも死に、何も動かなくなった、本当に何も機能しなくなったんだよ、不能になった俺は、自分の仕事道具がみるみる小さくなり、情けない半旗のように下がって、未熟児のイチモツみたいになるのがわかった、本当にビビったよ、面喰らって、どうしていいかわからなくなった、俺はサッと服を着て、ありえないって感じで怒鳴りちらした、クソッ、クソッ、クソッ、気持ちよくヤッてるのにケツを動かさないんなら、もう金輪際、家には金を入れねえって言ったんだ、それから、もう俺のことはアテにするな、俺はお人よしでも、バカでも、頭の足りない奴でもない、こっちにだって何が何でも守るべき誇りがあるって言ってやった、俺が結婚したのは木の板だったんだな、男を悦ばせることなんてできもしないと言うと、さすがに妻は気を悪くしたようだった、お前にうまくできた唯一のことは出産だよ、そんなのどんな野生動物でもできることだ、そうだろ、サッと服を着ながら怒りに任せてそんなことを言い連ね、ドアをバタンと閉めて家を出たよ、外に出ると、看守が小便をしているあいだに保護施設から脱走したイカれた奴みたいにとにかく走った、そして乗り合いタクシーに飛び乗ったんだ、運転手は俺としゃべりたがったが、俺は拒否したね、だって話すことなんてなかったから、運転手は俺に悩みごとがあるのは見え見えだと言った、俺は奴に、憶測で話すのはやめて口にチャックをし、一刻も早くレックス地区に連れていくよう告げた、それでも奴はしゃべるのをやめず、なぜ俺が落胆しているのかを知ろうと執拗に話しかけてきたんだ、俺は心のうちは何も漏らさなかったが、そのよそ者のへらず口を閉じないならこのボロ車を降りるぞ、とだけ言ったんだ、すると奴はため息をつきながら、どうせ女だろ、家じゃあ満足してなさそうな顔をしてるよ、とつぶやいたので、俺は飛び上がって、『お前に何がわかるんだ、なあ』と言った、すると奴はせせら笑ってこちらを振り返り、『お前さんみたいな顔してレックス地区に向かう奴はだいたい寝取られ夫か、奥さんがオクメ材の一枚板みたいな奴だよ』と言ったので、もう一度そのへらず口を閉じるよう命じると、『レックス地区の娘たちはセクシーだろ』と言ってきたので、腹が立って、『俺のことはいいから、運転しろ』って言ったんだ、それでもそのバカはしゃべるのをやめず、『なあ、人生はすばらしいんだ、ちょっとは笑いなよ、そうしたら軽くなって飛んでいける、力を抜いて、クールでいようぜ、ひと息つきなよ』、俺はもう口をきかないでいたが、奴は笑いながらさらに続けた、『まあお好きなように、こっちはただ会話しているだけだよ、最近の客はユーモアのセンスもなくって、まったくおかしな話だよ、レックス地区には連れていくけど、このあと若い娘と気持ちよくヤッてるときには俺のことを思い出してくれよ』、そう言うと、奴はもう口をきかなくなり、車中でずっと冷ややかな笑みを浮かべていた、ようやくレックス地区に到着し、俺はこのバカ運転手に金を払ったが、窓から札を投げつけてやったんだ、奴は中指を立てながら発車した、『バカ野郎』と俺が叫ぶと、奴は『寝取られ野郎』と応えた、まあどうでもいい、とにかくレックス地区に来たんだ、若い娘たちはとてもフレッシュで、まだ客はついていない、メインのリクエストにもサブのリクエストにも応えてくれる、俺は自分にとっての自然な環境に、つまり肉体の学校、エロシマ[*1]地区にいると感じた、若い娘たちはみな、俺のことを知っていた、俺が彼女たちの体と美しさを崇拝し、決して娼婦とみなしていなかったからだ、妻とは違ってマグロなんかじゃないエロいポテンシャルを秘めた普通の女を相手に、俺はやれることは何でもやった、あ

＊1 『肉体の学校』(一九六四)は三島由紀夫(一九二五－一九七〇)の、『エロシマ』(一九八七)はダニー・ラフェリエール(一九五三－)の小説のタイトルで、いずれもセックスが大きなテーマとなっている。ラフェリエールはハイチ出身の作家で現在はカナダのモントリオール在住。

の晩、彼女たちのひとりが俺に尋ねてきたんだ、『主人の肉体』っていうスペシャルマッサージがあるんだけどってね、俺は即座にやりたいと答えたよ、だって、いまはモントリオールに住んでいるハイチ人の友達のひとりがいいって言ってたから、通常料金の二倍だったけれど、俺はふたつ返事で『主人の肉体』を頼むと言ったんだ、これがマジで飛んじゃうほど気持ちよかったよ、明け方になって家に帰ると妻が家の鍵をそっくり替えていた、おい、聞いてるか、《割れたグラス》、十四年半もの結婚生活のあとに、死ぬほど退屈だった十四年、愛も、芝居も、真似事も、見せかけもなかった十四年、苦難と宣教師の姿勢*2の十四年のあとに、妻は家の鍵を交換したってわけだ、名の知れた指物師の兄弟とグルになって鍵を替えたんだ、でも家の外でなんか寝られるわけがない、わかるだろ、ホームレスみたいな真似はできなかった、とんでもないよ、それで家のドアを叩いたんだけど返答はなし、隣人の迷惑になるほど妻の名前を叫んでも、彼女はドアを開けてくれなかった、ドアを突き破るぞ、五つ数えるからな、と脅して、ゆっくりと数えたけど、彼女はドアを開けに来てはくれなかった、そこで、家のドアを壊したくなかった俺は消防士を呼んだんだ、山火事だと思った彼らは消火用具を一式携え

*2　正常位のこと。

て消防車から降りてきたが、俺は、うちは燃えていないんだ、と説明した、だが実際に火事がないとなると彼らも心底退屈してしまうので、ちゃんとした言い訳をしなくちゃならなかった、彼らは嘘の通報にはうんざりしていたし、中にはマッチの火を消すことすらなく退職する者もいたんだ、そこで俺は、子どもたちが家に閉じ込められていて、母親は気を失っているんだと嘘の説明をした、火がないことにちょっとがっかりした消防士たちは、なぜ自宅なのに鍵を持っていないんだと尋ねてきた、鍵を家に忘れて夜勤に出かけたので、鍵は家の中で自分は持っていないと俺は答えたんだ、すると消防士のひとりがきわめつけのバカだなと言ってきたので、ごもっともですと言い返したね、それから消防士たちは、まるで針の穴にいっせいに入ろうとするかのようにドアを破ろうと躍起になった、よだれやクソが垂れるほど手こずったが、ようやくクソッたれのドアは破壊された、そしたら、両手の爪を立て、怒鳴り声を上げながら妻が現れたんだ、生まれたての子どもを守る雌の虎のごとく俺に飛びかかってきたよ、あいつは俺よりも、そして《割れたグラス》、お前よりもでかい図体をしてるから、俺の体は地面に押しつけられちまったんだ、あいつはマジで怒り狂ってたんだよ、俺は大声で助けを呼んだ、消防士たちは俺たちを引き離し、この家でいったい何が起きているのか尋ねてきた、俺は男だから最初に話したかったんだけど、妻は俺をビンタして、レックスの若い娘と遊んでる奴は黙っときな、と言った、それから妻は、俺がトロワ＝サン地区の婚姻事件裁判官から数か月前に家を出るよう命じられているから、この家のあたりをうろうろしてはいけないんだと嘘の説明をしたんだ、消防士たちは俺のことを、嘘つき野郎とか、虚言癖とか、厄介者とか、惨めな奴とか呼んで、ただちにこの家から立ち去るよう命じ、『厳しくとも法は法だ』と言った、俺は出ていくのを拒否したよ、だって、どうして法が俺に対して厳しいのかわからなかったから、だから言ってやったんだ、家族を養ってるのは俺だと、テレビやデュラレックス社*1の皿を買ったのも俺、食費を出しているのも俺、子どもたちの学用品を買っているのも俺、水も、電気も、何もかも、金を出してるのは俺なんだと、すると消防士たちは警察を呼びやがった、当たり前だけど消防士は手錠を持っていないからね、いつも彼らが持っているのはホース、担架、そして迷惑なあのでかい消防車で、スウェーデンの小さなマッチが擦られただけでもやってくるんだ、それから人を刑務所に送るのも消防士の仕事じゃない、彼らの役

*1　フランスの強化ガラス製の食器や台所用品を主力商品としたメーカー。ブランド名はラテン語の格言である「Dura Lex Sed Lex（厳しくとも法は法）」に由来している。

目は火を消すこと、頭の弱い奴や、自殺したがる奴を立ち直らせ、事故に遭って気を失った奴を蘇生することだ、それで、警察はすぐにやってきたよ、なにせ俺が自分の金で借りていた家から二百メートルも離れていない場所に警察署があったからな、妻は警察に俺が危険な人物だと説明した、何人もの人間の首を斬ってコート・ソヴァージュ[*1]の浜辺に並べたあの有名な殺し屋アングアリマよりも危険な人物だってね、それから妻は、俺が前科者で、再犯者で、泥棒で、インド大麻やメデジン産[*2]コカインの売人だと言った、そして、俺がもう家には泊まらず、体も洗わなくなり、子どもたちを死ぬほど殴り、家賃も払わず、自分のことを家から追い出そうとしている上に、レックス地区の娼婦のところで中央ヨーロッパ産のちゃんとしたコンドームもつけないでヤッていると言ったんだ、妻が言うには、ナイジェリア産のものはよくないらしく、先端に穴があいていて、その穴のおかげで男は女を騙して着けてないみたいな快楽を味わえるそうだ、哀れな女は上に乗ってる男がちゃんとコンドームをつけてるって思い込んでるけど、本当は先っぽには穴があいてるんだと、どういうことかわかるだろ、《割れたグラス》よ、妻は、知らないうちに俺がエイズに罹ってるに違いないって言ったんだ、奇

*1　大西洋に面したポワント＝ノワールにある海岸。
*2　メデジンはコロンビア南西部の都市で、コカインの密売を行う犯罪組織「メデジン・カルテル」で有名。

妙な仕方で痩せてきているから重症で、顔はヒラメに似てきて、いまやホッテントット*3のような頭になり、毎日下痢をして、小便するときにはうめき声を上げ、嘔吐までしてるって、それから、俺の給料はレックス地区の娘たちに握られてて、俺にはふたりの愛人がいるけれど、そのふたりっていうのが、俺自身の孫か、あるいは、そこにいた消防士や警察官の誰かの孫かもしれないって、そんなことまで言いやがった、信じられないよ、そんなふうにして状況はますます悪くなっていったけど、俺が実の娘のアメリに猥褻《わいせつ》な行為をしているバケモノで、野蛮人で、原始人だって言い出したときはもう最悪だったよ、その場にいた人間に妻はこう言ったんだ、俺が夜中に起きて娘の体に触れ、下劣な猥褻行為を働いているって、そのためにアメリに睡眠薬を飲ませていて、そうすれば訳がわからなくなるからって、《割れたグラス》よ、教えてくれ、俺がそんなことするふうに見えるか、なあ、子ども時代の更衣室*4を汚すような人間に、若い芽を摘むような人間に、子どもに射精するような人間に見えるか、ありえないだろ、だって我が娘のアメリだぞ、そうだろ、俺はあまりにショックでそんなでたらめな訴えに言葉が出なかった、制服姿の人々の中には、漁師のような筋肉で普通の警官みたい

＊3　南アフリカ共和国やナミビアに居住する民族で、通常コイコイ族やコイ族と呼ばれる。「ホッテントット」は差別的な呼称であるため現在では使われていないが、二十世紀後半までは使われていた。

＊4　『子ども時代の更衣室』はフランスの作家パトリック・モディアノ（一九四五－）の一九八九年の小説。

な、つまり男の警官みたいな短髪の女性国籍の警官がいたのだけど、この女性国籍の警官は俺を壁際に押しやり、俺のことをゲス、小児性愛者、サディストと呼び、死ぬまで俺を踏みつけて、墓に唾を吐きかけてやると言ったんだ、彼女に言わせれば、俺は海に拒まれた船乗りみたいなもんで、すべての罪には罪ごとに罰があるということを理解しなくちゃいけないのだそうだ、それでこの女性国籍の警官は、何としても俺を牢屋に入れてやると誓い、裁判なんて絶対にさせないと言ったんだ、裁判を開いてやるなんて俺にはもったいない、裁判は複雑なものなんだからと、彼女は俺に手錠をかけ、同僚たちはめちゃくちゃに俺を蹴り上げ、靴でキンタマを踏みつけたんだ、奴らの前で俺は本当に死にかけたんだよ、あのときの傷はずっと残っている、お前に見せてやってもいいよ、それから血の花びらを吐いたんだ、ボボ・ディウラッソのサツマイモや恐竜のクソほどの大量の血の花びらさ、そうしてあいつらは俺をその地区で一番大きい警察署まで連れていき、俺が小児性愛者だと言ったんだ、すると警官たちは一斉に、すぐにマカラへ連れていって人生の半分を過ごさせろ、と叫んだんだ、マカラっていうのはこの町のゴロツキたちにもっとも恐れられている場所だよ、俺はそこに連れていかれたんだ、まったくもう、《割れたグラス》よ、俺は本当にひどい目に遭ったんだ、目の前にいる俺を見てたらそうは思わないだろうけど、俺はマカラで二年半以上も過ごしたんだ、あの刑務所での二年半は冗談では済まされないよ」

俺はじっとこの男の話を聞いていた、彼は目に涙を浮かべ、ぐっと一杯やってから、続きを話しだした、「マカラでの二年半は永遠のように長かった、娘に猥褻行為をした奴だって他の囚人に知れ渡っていたからね、俺はそんなことは絶対にやっていない、子ども時代の更衣室を汚したり、若い芽を摘んだり、子どもに射精したりなんてできっこないんだから、単純な話さ、まったく、だが不幸なことに苦難を味わうことになった、俺があそこで経験したことは、地獄に落ちた奴が味わうことよりもつらいものだった、本当にひどかったんだ、耐えられないものだったよ、《割れたグラス》、どうやって自分が耐え忍んだのかすらわからない、想像してみてくれ、看守たちは他の監房の親分にこんなふうに俺のケツを掘らせたり、奴らが『中間航路』[*1]って呼んでいたものをやらせたんだ、そんなこ

＊1　奴隷貿易の時代に、アフリカの黒人奴隷を奴隷船に乗せて西インド諸島やアメリカ大陸に運んでいた航路のこと。

とが行われてたんだよ、まったく、俺は奴らのオブジェ、おもちゃ、ダッチワイフだったんだよ、俺はいまお前の目の前にあるこの小さな体を奴らにすっかり預けたんだ、あのとき何ができたって言うんだ、何もできなかったよ、奴らは大人数で、我先に順番を争った、『中間航路』をやられすぎて俺が叫び声を上げると、マカラの看守たちはにやにや笑っていた、奴らは、お前がアメリにやった痛みを思い知れと言ったんだ、そんなの事実じゃないのに、だって、俺には子ども時代の更衣室を汚したり、若い芽を摘んだり、子どもに射精したりなんてできっこないんだから、そんなふうに毎日、『中間航路』をやられたんだ、後ろからつかまれ、眠らせてももらえず、ひっきりなしに誰かが後ろにいて鞭で叩きながら、俺のことを、売女、メス犬、非課税の家庭ゴミ、ティポティポ市場[*1]の野菜、ゴキブリ、クラゲ、蛾、腐ったパンの木の実、なんて呼ぶんだ、ときには、マカラの看守のひとりが、みずから指揮して『中間航路』をすることもあった、神経質な若い奴だったが、男にこんなことするのははじめてで、自分はホモじゃない、アメリにお前がやった卑劣なことの代償を払わせたいだけだ、と俺に言った、そんなの事実じゃないのに、奴はトラックの運転手のような腰つきで俺の後背地を激し

＊1　ザンジバルのかつての奴隷市場を指すと思われる。なお、「ティポティポ」は、十九世紀に奴隷商人として勢力を拡大したザンジバル出身のアラブ系スワヒリ商人ティップー・ティップ（一八三七－一九〇五）を指す。アフリカのポピュラー音楽に多大な影響を与えた「ルンバ・コン

く責めながら強く鞭で叩いた、キングコングみたいに頑丈な奴だったよ、わかっただろ、マカラの連中は俺のすべてをめちゃくちゃにしたんだ、まったく、俺のケツを見せてやってもいいぞ、お前の両手の拳を合わせても問題なく入るぜ、嘘じゃない、このクソみたいな国では裁判を受ける権利すら俺にはなかったんだ」

自分の半生を語り終えると、《パンパース男》はグラスを持ち上げて、「じゃあな」と言って、ひと息で飲み干し、すぐにお代わりをした、それからまたひと息で飲み干して、「さて、さて、さて」と言いながら、ようやく立ち上がった、そのとき、分厚いパンパースのオムツを四枚も重ね穿きしてふくらんだ彼のケツを俺は近くから目にした、湿っていてその周りをハエがブンブンと飛び回っていた、よかれと思って彼は俺にこう言った、「ハエのことは気にしないでくれ、《割れたグラス》、ハエはもう俺の一番の親友なんだ、どこにいようとも必ず最後には俺のことを見つけてくれるからな、もう追っ払ったりするのはやめたよ、俺を追いかけてくるのはいつも同じハエだと思う」、それから彼は頭で合図して今度こそ

ゴレーズ」（本書222ページの注2参照）のスターである旧ベルギー領コンゴ（現コンゴ民主共和国）出身のミュージシャン、パパ・ウェンバ（一九四九－二〇一六）の一九八八年リリースの曲「奴隷（esclave）」にも登場する。

別れの挨拶をし、俺も同じように頭で別れの挨拶をした、彼は通りで物乞いをするために店を出ていった、彼の姿が消えていくのを俺は眺めていた、そして思った、彼は近い将来、ブチ切れて、「誰を殺せばいいか言ってくれ」なんて言ってきそうだと、もちろんそんな計画に俺が乗るわけはない、人殺しに手を貸すことは絶対にない、殺人は別物だ、どうして人を殺そうとする人間がいるのか俺にはわからない、命は大切なもの、俺の母は何度も俺にそう言っていた、母が死んでも、彼女のモットーを俺は手放さないだろう、もしあの《パンパース男》の頭に殺人を犯そうなんて考えが浮かんだなら、彼は自分で引き金を引くだろう

　このバーの新しい客に出会うのとだいたい同じような仕方で、俺は《印刷屋》に出会った、新しい客というのはどこからともなく、突然、俺の前に現れて、涙を流し、声を震わせるんだ、あの男、つまり《印刷屋》のことだが、彼の場合、はじめて〃ツケ払いお断り〃に来た日から、話を聞いてもらおうと俺を探していた、他の人間じゃなくて、この俺に話を聞いてもらいたかったからだ、「話がしたい、あんたに話がしたいんだ、このあたりで《割れたグラス》と呼ばれているのはあんただろ、あんたに話がしたいんだよ、話したいことは山のようにある、あんたのテーブルに座って、ワインを一本頼ませてくれ」、彼は大声でそう叫んだが、俺はちっとも興味がない振りをした、俺が聞いてきた話を書き起こそうとしたら一冊のノートなんかじゃ済まない、このバーに来る呪われた王たちについて話をすれば何冊もの本になるはずだ、《印刷屋》はどうしても話がしたいと言ってきたが、俺はグラスに注がれた赤ワインをじっと眺めていた、液体がその神秘的な深みの中に何を秘めているのだろうかと考える哲学者のように、人に話をさせるコツは距離、つれなさをうまく使うことだ、ひと言で言えば、無関心を装うのさ、この古い策略が事をはじめるのには一番いい、打ち明け話をしようとしている奴なら少しムッとするはずだ、自分の話が世界でもっとも特別で、突飛で、驚異的で、紆余曲折のあるものだと信じ込んでいるから、そういう奴は自分の話は死刑よりも重く、深刻な内容だってことを示したいんだ、本当は彼の話を聞きたかったが、「なんで俺に話すんだ」と俺は驚いた振りをした、すると彼は「だって、あんたがいい奴だって聞いたから」と答えた、俺は笑って、赤ワインのグラスを持ち上げ、ひと口飲んでから、「皆は俺のことをなんて言っていた」と《印刷屋》に尋ねた、「この店に来る連中の親分だって」、俺はふたたび笑ってきっぱりとこう言った、「もし髭の長さで賢さが決まるなら、ヤギは哲学者ということになる」、《印刷屋》は目を丸くしてこちらを見、背中を丸めながら俺にこう言った、「《割れたグラス》、何だって俺にそんな話し方をするんだ、俺は俺のことを理解してくれる人を探しているんだ、ヤギや哲学者の話なんていまの俺にはどうだっていい」、俺は、落ち着け、おちょくっているわけじゃないんだ、と言って、「他にも何か俺のことを言っていただろ」と尋ねた、彼はうなずきながら、「ああ、あんたはこのバーのはじまりを知っていて、《頑固なカタツムリ》と個人的に親しく、彼もあんたのことなら耳を傾ける、と言っていたよ」と言った、俺は笑った、そんなことを言われて気分がよかったんだ、俺が聞きたかったのはそういう言葉さ、この男に対して興味が湧いてきた、「それから何だっけ、他にもあんたのことを言ってたんだけど」、彼は空を見上げて考えはじめた、「あんたはこのバーに来る面白い人間について何か書いているらしいじゃないか、ノートに書いているんだろ、手元にあるそのノートがそうなんじゃないのかい」、俺は答えなかった、ノートに書きつけた汚い字を彼が読もうとしたから、俺は開いているページを手で隠した、読まれたくなかったんだ、それから俺は赤ワインのボトルを振ってグラスにもう一杯注ぎ、それをひと息で飲んでから彼に尋ねた、「それで、何がお望みなんだい」、突然彼は声を張り上げた、「俺はあんたのノートに俺のことを書いてほしいんだ、だってあんたならマヌケな人間のことだって事と次第によっては有名にできるだろ、でも俺はこのバーに来る連中の中で一番面白いはずだ」、なんて傲慢な男だろう、自分のことを何だと思っているんだ、「まあまあ、落ち着きなよ、あんたが一番面白いって誰が言ったんだい、正直言ってそんなの何の根拠もないじゃないか、ひとつ、たったひとつでいいから、あんたが周りにいるこのバーの連中の中で一番面白い人間だと思わせる理由を聞かせてくれ」、彼は考える間もなくすぐにこう答えた、「俺はここの連中の中で一番偉いんだ、だって俺は『フランス行き』をやったからな、誰にでもできることじゃない、本当さ」、その口調は明らかに自然なものだった、彼にとってフランスは物差しであり、最高の評価基準で、フランスの地を訪れることはまともな人間の仲間入りをすることだった、そんな彼の話を聞いて反論することはできなかった、反論しようにも何も見つからなかったので俺は彼に従うことにした、「じゃあ座りなよ、詳しく聞こうじゃないか」、すると彼は俺のテーブルに座り、隣のテーブルから空のグラスを取ってワインを注いだ、それからひと口飲んで、三度咳払いをしてから俺を脅してきた、「《割れたグラス》、もし俺のことを書かないなら、あんたのノートは何の価値もないだろう、まったく何の価値もね、言っとくが、俺の人生は映画になるほどの代物なんだ」、彼はようやく落ち着いてきて、長い沈黙が続いた、酔いどれ天使たちが頭の上を飛ぶのが聞こえるほどの沈黙だ、俺はずっと彼のほうを見続けていた、「よし、どこからはじめようか、なあ、何の話がいいかな」、彼は仕方ないなという感じでそう尋ねた、俺が口をつぐんでいると、彼はこう続けた、「本当のこと言えば、俺は男も女もフランス人は嫌いじゃないんだ、ただひとりのフランス女のことが嫌いなだけさ、ひとりだけだ、本当だよ」、なかなかいい出だしだ、俺はとにかく黙ったままでいた、俺の視線に耐えられなくなっていろいろと話し出せばいいと思ったんだ、すると彼はどでかい大砲を放った、「フランス、ああフランス、《割れたグラス》よ、もうフランスなんて口にしないでくれ、吐きそうだ」、彼は地面に唾を吐き、自分の縄張りに入ってきた密猟者を見つけたゴリラのように表情が険しくなった、「よし、最初から話しはじめよう、ちゃんと聞いてくれよ、これからあんたに話すことはとっても大事なことだ、ノートに書いてくれ、しっかり書き留めてくれよ、俺がしゃべってるときにあんたは書くんだ、他人のことは絶対に信用しちゃならないってことがわかるはずだ、これは友としてのアドバイスだよ、《割れたグラス》」、彼は何でも長引かせるのが得意で、ペナルティエリア内を走り回っていないで、まっすぐゴールに向かえよと俺は言いたかった、ようやく語りはじめたのでその言葉を書き留めた、「じつはこれからある女について話そうと思う、その女に俺がどんなふうに殺され、台無しにされ、リサイクルできないゴミにされちまったのか、本当の話だぜ、《割れたグラス》」、俺は彼のほうに身を寄せた、するとなぜだかわからないが、距離を保とうとしているかのように彼は数センチ後ろに下がった、それから彼はこう言った、「《割れたグラス》、白人の女を軽くみちゃいけない、もしある日、白人の女とすれ違っても、そのまま自分の道を歩き続けるんだ、振り返っちゃいけない、その女のほうを見るのだけはやめろ、白人の女は手段を選ばない、俺はいまだにわからないよ、俺の本当の居場所はヨーロッパ、しかもフランスだったのに、いつの間にかこの国に帰ってきちまったんだ、いまじゃこのバーとコート・ソヴァージュの砂浜のあいだで暮らしてる始末だよ」、彼は赤ワインをひと口飲んで、手鼻をかんで話を続けた、「本当のところ、今日も今日とてこうして酒を飲んでいるのは、あの白い魔女のせいなんだ、彼女は俺の血をすっからかんにした、信じてくれ、《割れたグラス》、俺はちゃんとした人間だったんだよ、フランスでちゃんとした人間であるっていうのがどういうことかお前にはわかるか、俺は仕事をして生計を立てていたし、所得に対する税金も期日までに払っていた、郵便局には普通口座を持っていたし、パリの証券取引所に上場された株まで持っていたんだ、俺はフランスで年金を受け取るつもりだった、なにせこの国の年金ときたらクソで、でたらめで、破綻していて、信用できるもんじゃない、宝くじみたいに偶然もらえたりする代物だ、内閣でいい地位にいれば話は別で、この国には一生働き詰めの貧乏人たちの年金で商売をやっている公務員だっているくらいだ、しかし言っておくが、俺はフランスの黒人社会ではそれなりの地位を得ていたんだ、俺は働き者だった、本当に働き者で、家族手当の小切手が配達されるのをマンションのロビーで待っている移民のような怠惰な人間じゃなかったんだ、俺にはそんなバカげたものは必要なかった、いまあんたの目の前で話をしている男は、パリ郊外の大きな印刷工場で働いていたんだ、さらに言えば、ひとつの班を指揮していたんだ、採用を決めていたのもこの俺だった、俺は怠け者と働き者を見分けられたからな、俺が採用したのはニグロだけじゃない、《割れたグラス》、ここだけの話だが、この世はニグロだけじゃないんだよ、クソッたれが、他の人種だって存在してるんだ、貧困や失業はニグロの専売特許じゃないんだ、俺は悲惨な失業者の白人や黄色人種もみんなみんな雇ったんだ、あらゆる人種を混ぜ合わせた、だからわかるだろ、俺はそれなりの地位を得ていたんだ、そんなふうに白人を雇えるニグロはそうそういないぜ、ニグロを支配し、キリスト教徒にし、船倉でボロボロにし、鞭で打ち、足で踏みつけた白人を、ニグロの神々を燃やし尽くした白人を、ニグロの抵抗を根絶やしにし、ニグロの帝国を破壊し尽くした白人を採用したのさ、俺は白人も黄色人種もみんなみんな雇ったんだ、俺は奴らを地に呪われたる者たち、つまり俺みたいなニグロたちと混ぜたのさ、そんなことできるのは、宗教令《ファトワ》の犠牲になった男の指の数しかいない、確かめてみてくれよ、そう言われるはずだ、というわけで俺はすばらしい仕事をしていたんだ、給料もよかった、本当だ、俺たちが印刷したのは『パリ・マッチ』、『VSD』、『ボワシ』、『ル・フィガロ』、『レ・ゼコー』といった雑誌だ、俺はちゃんとした人間だったんだ、そしてセリーヌと結婚した、豊満なケツをしたヴァンデ県[*1]出身の女で、この国の本物のニグロの女みたいだった、セリーヌはコロンブ[*2]の製薬会社で社長秘書をしていたんだ」、この段階で《印刷屋》がはったりをかましているんじゃないかと俺は思ったが、自信をもって話しているので信じるしかなかった、それから彼はこう続けた、「つまりこういうことだ、俺はセリーヌとティミスで出会った、ティミスっていうのはすごく有名な黒人のナイトクラブで、パリ十八区のピガールにある、白人女も何人かいたけど、発情した気取らないニグロばかりの森の中で、いったい彼女が何をしていたのかはわからない、ただ白人女たちのケツは、その上でシャツにアイロンをかけられるほど平べったかった、だがセリーヌはケツと、腰と、胸についたふたつの巨大なスイカで俺の目を虜にしたんだ、フロアにいた他の男たちはビビって彼女に近づこうとはしなかった、俺はなりたての将校のごとくまっすぐ彼女のほうに向かった、『賽は投げられた』と小声で言ってルビコン川を渡ったんだ、うまくいくようにと心で祈りながら、少しもためらうことなく突撃したんだよ、だって、ダンスパートナーを探している男にとってもっともつらいのは、フロアの真ん中で断られ、ライバルたちに涙が出るほど笑われることだからな、だが、幸運なことに、俺はその日

＊1　フランス西部の大西洋に面する県。
＊2　パリ北西部の町。

すごくオシャレをしていたんだ、フォブール・サン＝トノレ通りで買ったクリスチャン・ディオールのフォーマルなシャツとマティニョン通りで買ったイヴ・サンローランのブレザーを着て、マドレーヌ広場で買ったトカゲ革のJ・M・ウェストンの靴を履き、ジャン＝ポール・ゴルチエの香水『ル・マル』を男性用のロリータ・レンピカの香水と混ぜて身につけていた、髪型については話さないでおこう、そのときの俺は全盛期のシドニー・ポワチエのようなアメリカの黒人俳優みたいだったんだ、つまりすごくイケてて、完璧だったんだ、それで俺はベルベットのクッションソファに座っていた彼女に踊らないかと手を差し出した、彼女はほうきの先の枝みたいな細長いたばこを吸い終えたところだった、この瞬間を待っていたと言わんばかりに彼女はすぐに立ち上がった、俺の心臓はバクバクと飛び跳ねたよ、信じられなかったんだ、俺のことを笑い者にしようと待っていたライバルたちは突然その機会を失ってがっかりした様子だった、奴らはフェアプレイって言葉を知らないのさ、全力でベストを尽くそう、これまで一度も踊ったことがないくらい踊らなくちゃ、彼女が次の曲は何って尋ねてくれるよう、忘れられない印象を残すんだ、そんなことを俺は考えていた、あの夜、俺たちはすごく踊ったよ、信じてもらえないかもしれないけど、《割れたグラス》、彼女はちっともごねないで俺の家に来たんだよ、『まだ知り合ったばかりだよね、私には時間が必要なの、お互いのことを知らなくちゃ、私は出会ってすぐに股を広げるような女じゃないの、会話をして、コーヒーを飲んで、頻繁に会うことがまずは必要、あとのことはそれから』、彼女はそんなことを言わなかった、彼女はソルボンヌ大学のフランス語なんて使わずに、俺の家に来ることを受け入れてくれたんだ、俺はルノー19に乗り、彼女はトヨタで俺のあとをついてきた、家に到着すると、建物の前に車を停め、廊下で、エレベーターで、踊り場で、それから、死ぬほど酔っていて開けられなかった自宅のドアの前でキスをし、寄り道しないですぐさまカーペットの上に倒れ込んだ、それから俺は想像できないほどしっかりと仕事をしたんだ、高級服に身を包んだ彼女の体を、あらゆる方向から攻めた、夜明けの光が絡み合った俺たちの姿を捉えた、トントン拍子で事が進んだのでふたりともやや困惑はしていたがどうしようもない、あまりによかったので彼女の困惑は消えていった、セリーヌは、すごくいい夜だった、人生で一番いい夜よ、あなたは本当にいい人、と繰り返し言いながら帰っていった、お互いに電話番号を交換したので、日があまり経たないうちから俺たちは定期的に電話をし、何時間も話をし、夜の近況を語り合った、恋愛したての頃の恋人たちが口にするようなくだらないことやバカバカしいことを山のように言い合ったんだ、愛していると言ってほしい、自分の気持ちを隠すことなく、ためらわず言ってほしい、と彼女は俺に言った、そのときだよ、はじめてひとりの女に愛してるって言えたのは、お前もわかるだろ、この国じゃそんなことを口にしたら弱い男だと思われちまう、夜に一発ヤればいいだけで、そんな甘ったるい作りごとの言葉は必要ない、でもフランスじゃ話が違う、気持ちをないがしろにしちゃいけない、戯れに恋なんてしちゃいけないんだ、すぐに俺は出会った日から彼女が待ち望んでいたプロポーズをしたんだ、彼女は言ってくれたよ、この人とは残りの人生を一緒に過ごすに違いないと直観的に思っていたってね、まるで神様が一緒になれと言ってくれているようだった、セリーヌはすぐに両親を説得した、彼らは市議会選挙や地域圏議会選挙では必ず共産党に投票していたし、大統領選挙では緑の党に投票していたので人種差別主義者ではなかった、彼らに会いに俺たちはヴァンデ県の隅にある本土と橋でつながったノワールムティエという島に向かった、セリーヌの両親は、俺には品があり、知的で洗練されていて、野心的で、共和国の価値を大切にしている人間だと言った。俺はこうした数々の気高い自分の美点を耳にして嬉しかった、彼らは俺の身なりにも感心していた、それは当然のことだ、だってオーダーメイドのフランチェスコ・スマルトのスーツを着ていたからな、それから彼らは、自分たちが深遠なるアフリカ、真正なるアフリカ、神秘のアフリカを愛し、森、赤土、広大な土地を飛び跳ねる野生動物が好きだと言った、さらに、ブラック・アフリカは困難な道を歩んでいるとか、アフリカは発展を拒否したなどと信じている者はバカだと言った、彼らは歴史の過ち、とくに奴隷貿易や植民地政策、独立をめぐる衝突など、ある種の原理主義のニグロたちが商売の種にしている、そうした数々の失敗について謝罪した、俺はといえば、そんな埃まみれの議論に乗るつもりなどなかった、過去のことなんてどうでもよくて、俺の目はこの先の未来だけを見ているんだ、未来は燃えてなんかいない、彼女の両親にはそのことをわかってもらえた、俺は未来を向いていると言い、それからコンゴについて話しはじめた、すると彼らは俺がどちらのコンゴ出身なのかと尋ねてきた、父親はベルギー領コンゴなのかと尋ね、母親のほうはフランス領コンゴではと訊いてきたので、いまはもうフランス領コンゴはなく、自分はコンゴ共和国、つまりふたつのコンゴのうちの小さいほうで生まれたと説明した、すると父親は大きな声で叫んだ、『もちろんそうだ、彼は美しく名高いかつての我が国の植民地、小さなコンゴの出身だよ、ド・ゴール将軍はドイツ軍の占領下で自由フランス国の首都をブラザヴィルに定めた、ああコンゴ、そう、夢の土地、自由の土地コンゴ、あの国の人々はフランス人よりもうまくフランス語を話すんだ』、するとセリーヌの母親は、少し気詰まりな様子で、夫が俺の国を『植民地』と言ってしまったことを非難した、『まあジョゼフ、植民地って言葉はよくないわ、わかっているでしょうけれど』、すると父親は、言葉が出てこなかったけれど『領土』と言いたかったんだ、と言った、すると母親は、『植民地』だろうと『領土』だろうと同じことよ、と言った、セリーヌは怒って、そんなことはどっちでもいい、地理や歴史の話をするために来たわけじゃないと注意した、父のジョゼフは『よし、じゃあボルドー・ワインを一本開けようか、なあ』と言って上等なボルドー・ワインのコルクを抜いて、皆で飲んだ、セリーヌと俺はくつろいだ雰囲気に乗じて、いますぐ結婚したいと伝えた、不意をつかれた父親は、ワインが気管に入りそうになり、こう言った、『いまの若者ときたら、加減を知らないな、私たちの時代なら、長いあいだ思い悩み、家族を回って挨拶をしなくちゃならなかった、お前たちのは超特急の結婚じゃないか』、セリーヌの母親は机の下で夫の足を軽く蹴りながら『愛し合うふたりは、ただ愛し合っているのよ、そうでしょ、ジョゼフ』と言った、何であれふたりは祝福の言葉を贈ってくれた、セリーヌが両親にダメとは言わせなかったようで、交渉の余地はなかった、それから彼女の両親は式のためにパリへやってきた、シャトネ゠マラブリーの小さな披露宴会場に五十人弱が参列した、セリーヌの友人たちの他、俺の職場の同僚と何人かの知人たちがいたが、大部分はサプールだった、俺が言う『サプール』はな、親愛なる《割れたグラス》、火を消す連中[*1]のことじゃないんだ、そうじゃない、サプールというのはパリの黒人世界にいる連中で、SAPE《サップ》と呼ばれる『オシャレで優雅な紳士協会（Société des Ambianceurs et des Personnes Élégantes）』のメンバーだ、サプールたちの中には、ジョー・バラール、ドクター・リマンヌ、ミシェル・マカベ、ムレムレ、モキ、ベノス、プレフェといった影響力のある有名人たちがいたんだ」

＊1　「sapeur-pompier（サプール＝ポンピエ）」で消防士を意味する。

「さっきから話している内容はしっかりノートに書き留めてくれてるよな、さて、俺たちはそういうわけで結婚したんだ、いまや目の前には人生が広がっており、生きるべき方向を決めて進んでいかなくちゃならなかった、ふたりともいい仕事を持っていたので、ローンですぐに大きな家を買った、おあつらえ向きの一軒家さ、パリから三十分の郊外でのんびり暮らすことにしたんだ、だって俺たちは幸せに生きたかったし、とくにニグロたちからは離れて暮らしたかった、俺は人種差別主義者じゃないが、人種の違うカップルにとって最悪の敵は、必ずしも隣の白人じゃない、たいていの場合はニグロなんだ、何度も言うが俺は人種差別主義者じゃない、《割れたグラス》、俺はあるがままの事実を言っているんだ、倫理的な判断から俺の言うことに賛同しない奴らには残念だけどな、そんな奴らはクソ喰らえだ、だからといって黒人問題を抱えるフランスに手紙[*1]を書いて、誰でもいいから非難しようってつもりはないよ、本当のところ、白人の女と一緒にいるところを見ると、ニグロたちは自分たちも白人のことを落とせるんじゃないかって思っちまうんだ、普通のまともな精神をした白人の女がコンゴのゴリラと

＊1　原語は「黒人（ニグロ）フランスへの手紙」で、マリの作家ヤンボ・ウオロゲム（一九四〇–二〇一七）の一九六九年の著作。

寝たんなら、きっとその女は動物園のすべての動物と、それどころか自然保護区域のすべての動物とヤれるはずだって、そう思うんだよ、言ってることわかるか、なあ、まあいい、話を進めよう、いまだに傷の癒えていない人種をさらに痛めつけるつもりはない、この人種は変わらないよ、とにもかくにもセリーヌと俺はパリの喧騒から、そしてニグロたちの嫉妬とお決まりの茶番から離れて暮らしたかったんだ、幸せに生きるためには隠れて暮らさなくちゃならないと俺たちは考えていた、すごくいい生活だったんだ、バラ色の人生さ、結婚の二年後に生まれた、澄んだ目の混血の双子の娘に恵まれ、あれ以上の幸せな人生はなかったよ、俺たちは理想的なカップルだった、口の悪いパリの黒人たちはよく口にしたもんだよ、黒人と白人のカップルは絶対に長続きしない、とか、白髪になるまで一緒にいた夫婦を見たことがない、とか、夫婦をうまく続けるには黒人の男はもう黒人であることをやめなくちゃならない、とか、男は変わらなくちゃいけない、考えをあらため、譲歩し、明け方、雄鶏が鳴くまでに三回は自分のことを否定しなくちゃならない、とか、自分を頼りにしすぎる家族からは逃げなくちゃならない、とか、黒い皮膚をしながら白い仮面をかぶらなくちゃならない[*2]、とか、でもな、《割れ

＊2　『黒い皮膚・白い仮面』はフランツ・ファノンの一九五二年の著作。

たグラス》、俺たちの結婚はしっかり続いていたんだ、邪魔するものがあるなんて思えなかったよ、俺は自分の黒い皮膚を隠すために白い仮面をかぶる必要なんてなかった、俺自身、黒人であることを誇りに思ってたんだ、いまでもそうだし、これからも死ぬまでそうだよ、俺は自分の中にあるニグロの文化が誇りなんだ、わかるだろ、なあ、だからセリーヌは俺のことを尊敬していたし、何もかもうまくいっていたんだ、俺はいい父親だったんだ、青い空に色鮮やかな羽をした鳥が飛びかい、緑色に塗った自宅の周りの木々によく留まっていた、俺は緑が大好きだったから家を緑に塗ったのさ、だから隣人たちはよく『緑の家』って呼んでたよ、俺たちにとってはすべてが順調だったんだ、《割れたグラス》、だが、空がこんなふうに雲ひとつなく青いときこそ、いいかい、何かがこの澄んだ青を曇らせるんだよ、強すぎる陽の光は愛を台無しにする、そのことを俺は苦い経験を通して学ぶことになるのさ」

「ある日、あの青くてきれいな空が曇った、色鮮やかな羽をした鳥たちは俺たちに別れも告げずに飛び立ったまま、翌日戻ってきて夜明けを告げることはなかった、その代わりに不吉な鳥たちが重苦しい翼でやってきて、カアカアと鳴きながら、その硬くなった嘴《くちばし》で、しっかり根の張った俺たち夫婦の木の幹を突っついたんだ、ちょうどその頃だよ、俺がフランスに来たときにアンティル諸島出身の女とのあいだに作った最初の息子の話題がふたたび持ち上がったのは、俺は当時まだフランス国立工芸院の学生だった、そのアンティル諸島の女が、四年にわたって養育費やその他諸々を払っていないという理由で俺を訴えると言ってきたんだ、闘牛ファンが待ち望む見せ物を早めに打ち切ろうとする雄牛のような勢いで俺は反論した、優秀な女弁護士をつけ、俺が父親としての義務を実行することを妨げているのはアンティル諸島の女のほうだってことを立証してもらい、息子と俺たちが一緒に暮らす約束を取り付けた、俺自身も息子の教育を引き受け、息子に未来を与えたいと思ったからだ、俺たちの緑の家には息子が暮らせる場所もあった、セリーヌは俺の考えに賛成し、俺をずいぶんと応援してくれた、彼女は血のつながりは大切だと言った、無意識の父親[*1]のように息子を放浪させておくわけにはいかない、俺は決心したんだ、息子は俺たちのもとに来て一緒に暮らすことに

＊1　「無意識の父親」は精神分析におけるエディプス・コンプレックスのことを暗示している。ギリシャ悲劇『オイディプス王』に由来するもので、捨てられた息子による父親殺しがテーマとなっている。

なった、しかし残念なことに、彼はこのあたりの悪ガキたちとつるみはじめたんだ、俺は息子をまともな道に戻そうと苦労した、だが無駄だった、息子は声を張り上げ、俺が約束した輝かしい未来をバカにし、俺に手を上げようとした、意味がわからないだろ、俺は自分が生きている世界がどんなものかわからなくなったよ、いつから子どもが自分の父親を殴るなんてことがまかり通るようになったんだ、だが息子が俺のことを軽蔑していることはよくわかった、俺が彼の母親と別れてセリーヌと結婚したことが、おまけにセリーヌが白人の女であることが、彼には受け入れられなかったんだ、だから俺のことを軽蔑しているのはわかっていた、息子は俺のことを裏切り者とか、同化民とか、バナニアのニグロとか、白人コンプレックスとか、白い肉体の奴隷とか、豚の足とか呼んだ、ちょっとした地獄だったが、それでも俺の息子だ、だけど、セリーヌがこのあたりのアフリカ人たちと一緒にいるのを目撃し、そのうちのひとりフェルディナンという男がセリーヌの愛人だと息子が言ったときには、死ぬほどムカついたな、胸クソが悪くなった、本当に気分が悪くなったんだ、息子が言ったことは単なる挑発にすぎないと思った、だってセリーヌは俺に対してそんなことをするような人間じゃないからな、彼女は俺が他のニグロたちのことをどう思っているか知っていたし、もちろんはっきり言っておくが、俺は人種差別主義者ではないしそのことも彼女はわかっていた、だから息子の言ったことはただの大嘘だと思ったんだ、たいして気にすることはない、あいつがよくやるちょっとした感情の爆発くらいに考えていたんだ、俺からすればでたらめにしか思えないことを確かめようとは思わなかった、確かに俺はセリーヌを束縛するようなことはなく、彼女には好きなようにやらせていた、だって彼女は白人だし、彼女が家を出入りする自由は守らなくちゃならない、それは彼女にとってすごく大事なものだから、結婚したての頃のように俺もあれこれ言わなくなったんだ、女友達に会いに行くのも放っておいたし、俺が休みのときには子どもたちの面倒は俺が見ていた、そんなふうにしてうまくやりくりしていたんだ、ちゃんと聞いてるか、《割れたグラス》、ここからだよ面白くなるのは、ある日、俺たちの緑の家のトイレにコンドームが浮かんでいるのを見つけたんだ、血の気が引いたよ、俺のアソコの少なくとも二倍の大きさの巨大なコンドームだった、俺のもかなりでかいんだけどな、見せてやってもいいぜ、そのとき思ったんだ、近所の白人だか黒人の商売女を息子が家に連れ込んだんだってね、この手のことについてはいくら息子が十八歳だからって注意するよう言ってはおいたんだがな、相手の女の子がもし孕《はら》んじまったらどうなっていたと思うよ、なあ、生まれてくるかわいそうな子を養う金は誰が出すんだ、なあ、俺の頭にはそんなことが浮かんできたよ、若い娘の上に乗ってる息子の姿なんて想像できなかった、そんなのありえない、女につきまとっているところなんて一度も見たことないんだぜ、性に関しては奥手なんじゃないかとすら思ってたんだ、でも確かなことなんて何もないからな、おとなしい子どもだったら最悪なことはしないなんて考えちゃいけない、それに自宅で最低のでたらめをやってしまうなんて俺に対する敬意を欠いている、おかしいって思うだろ、《割れたグラス》、俺は頭の中であの巨大なコンドームのことを思い浮かべてみたんだ、ありゃあシュルレアリスムの絵みたいだったよ、いろんな考えが浮かんできては頭から離れなくなり、一睡もできなくなっちまった、俺は思ったんだ、きっと息子の知り合いじゃない誰かが家に入ったんだと、セリーヌの愛人だったんじゃないか、このあたりのアフリカ人、息子が俺に話したあのフェルディナンかもしれないと、そしたら怒りが沸々と湧いてきた、俺は何もかもが足元から崩れていき、幸せが自分から逃げていくように感じた、悪魔が俺の天国の庭を荒らしにきたなんて納得がいかなかった、そのときの俺は何だってやりかねなかったよ、ナイフやドライバー、斧やハンマーを使って殺してやろうと思った、もう前みたいにセリーヌを見ることはできなかった、汚れて堕落した女、不純で不実な女に見えたんだ、愛人もろとも彼女を殺さなくちゃいけない、きっとセリーヌのほうからいやらしくケツを振ってあのフェルディナンをその気にさせたんだろう、待ち伏せをしてふたりとも殺してやる、ニグロと不貞を働いた白人の女を怒鳴りつけるなんて簡単さ、アフリカやニグロのことを悪く言えばいいんだ、ニグロは飢え死にしそうで、みな怠け者で、部族間で争い、鉈を振って喧嘩し、掘っ立て小屋で暮らしている、とかね、そんなことを言えば、あの白人女は本性を現すだろう、しかし、彼女とそんなことで言い争うのはよい考えじゃないと思ったんだ、どんな釈明をしたところで俺は人種差別主義者だと思われるだろうからな、それに、俺には何の証拠もなかったんだ、だからこの問題については受け流すことにしたよ、ふたたびいつもの生活が戻ってきた、俺は自分が偏執狂《パラノイア》みたいになっていたことを後悔した、家庭に火はなかったんだ、だが、家の中で見つかったコンドームについてはあいかわらず理解できなかった、神は眠るときにも片目を開けているもので、家でいつわりの小康状態が数週間続いたのち、俺はまたしてもマニックス[*1]の巨大なコンドームがビデの中に浮かんでいるのを見つけたんだ、コンドームの問題は、レバーを引いて水に流したと思っても、また浮かび上がってくるということだ、俺もバカじゃないから、今度は水に流さない、なかったことになんかしないと思った、アフリカ人が優先的に俺の愛の密室で妻を相手にヤれるなんて認めるつもりはない、何もかもが崩壊することを覚悟で俺は直接行動に出ることにしたんだ、つまり本物の探偵のように調査を遂行することにした、マニックスのコンドームのせいで俺の人生が台無しになるなんてことはない、ちゃんと調査して、俺がいないときに家で何があったのかを知らなくちゃならない、俺はそう考えたんだ、ある日のこと、あれは月曜日だったな、曇天の月曜日だ、俺はセリーヌに、これから仕事に行くけど、新しい店舗が二十四時間後に開店するから帰りはとても遅くなると告げた、妻は俺の言うことを真に受けた、なにせ俺は一度も、ただの一度も嘘をついたことがなかったからな、彼女に対してはいつも誠実だったんだ、俺は家を出てから車に乗り込み、中心街を一時間ほどぶらぶらして濃いめのコーヒー

*1　マニックスはコンドームのブランド名。

を飲み、消防士のようにたばこを吸った、それから俺は職場に電話をして、とても大事な家の用事があるから今日は休むと説明したんだ、それから水みたいにコーヒーをがぶ飲みし、ジンのハーフボトルを飲み干した、だってセリーヌがあのフェルディナンと一緒にいる現場を押さえるんだから、トリップした状態じゃなきゃやってられなかったんだ、あいつの図々しさのせいで俺の酒は台無しにされていたわけだからな、それから、この小さなバーに来て、セリーヌと出会ったときの光景が頭の中によみがえってきたんだ、俺はティミスで出会ったあの夜の彼女を思い出していた、彼女は汗びっしょりで、俺にキスをしてきた、俺たちはエレベーターで、それからカーペットの上でセックスをしたんだ、彼女は気持ちよくて大声で喘《あえ》いでいたよ、突然、俺は怒りに駆られ、車のハンドルに拳を叩きつけると、クラクションが鳴り響いた、下唇を噛み締めながら俺は思った、『もしフェルディナンとセックスしているときも同じように気持ちよくて大声で喘いでいたら』ってね、それからこう思った、『結局のところ、俺は惨めなマヌケ野郎なんだ、いままで彼女を七番目の空まで昇天させられる[*2]のは自分しかいないとずっと信じていたし、あんなふうに彼女を泣かせられるのも自分だけだと思っ

＊2　「七番目の空に達する」は陶酔状態やオーガズムを意味する。旧約聖書の言葉「神は七番目の天に召します」に由来する。

ていた、ところが、同胞のニグロ野郎がいたってわけだ、きっとそのニグロ野郎のほうが俺よりもうまくて、彼女を八番目、いや九番目の空までイカせられるんだろう、まあそれも今晩わかることだ』、俺は頭の中でそんなふうに不吉なことを考えながら近所まで帰ってきた、自宅から数ブロックのところに車を停め、数秒のあいだ祈った、時刻は十八時頃、俺は数分歩き、緑の家のすぐそばまでやってきた、奥の中庭のほうへ回ったが、飲みすぎていたせいで、抜き足差し足で寝室の前まで辿り着くのに苦労したよ、うまく歩けなかったんだ、だがたいした問題じゃない、俺はとにかく前進した、ドアが少し開いているのが見えたから、そこを通って中に入った、中には誰もいなかった、それから大きな廊下を通り、ダイニングを抜けて、長男の寝室に着いたんだ、心臓はバクバク鳴っていたよ、本当のことを知りたい反面、これから何を見ることになるのか怖かったんだ、すると長男の寝室から大騒音が聞こえてきた、笑い声にベッドが軋《きし》む音、そして、うめき声と鞭の音が、俺は思いきって飛び込んだ、ドアは刑事コロンボやメグレ警視の映画みたいに開いたよ、すると、信じられないだろうけどな、《割れたグラス》、セリーヌと息子がベッドにいたんだよ、奴らはボンバの哀れなキリスト[*1]み

*1 『ボンバの哀れなキリスト』(一九五六)は、カメルーンの作家モンゴ・ベティ(一九三二-二〇〇一)の小説。

たいな体位で絡み合っていたよ、しかもセリーヌのほうが息子の上に乗っていて、手には鞭を持っていた、ふたりとも汗だくで、シーツは床に落ちていた、《割れたグラス》よ、俺はマジで狂った鳥のようにすぐに叫び声を上げたよ、やあああああああああ、ってね、どうしたらいいかわからなくて、立ったまま震えていた、世界が足元から崩れていったんだ、それから俺は息子に飛びかかり、床に押しつけて喉をかき切ってやろうとしたが、息子は俺をひっくり返して腹を一発殴ったんだ、俺は何とか起き上がろうとしたが、部屋の反対側から叫び声を上げながらセリーヌが息子に加勢したんだ、ふたりは俺を壁に押しつけた、肉体と原罪で結ばれたふたりを相手にまっとうな戦いをするには酔いすぎていたよ、息子は猥褻行為に使っていた鞭で俺を打ちはじめた、それから腹、頭、体中を殴ってきたんだ、なあ《割れたグラス》、それで俺は気を失ったんだ、奴らは警察に通報し、俺の頭がおかしくなったと説明した、裏庭で遊んでいたふたりの娘たちは泣いていたよ、次の日、目を覚ますと何が何だかわからなかった、なあ《割れたグラス》、俺は精神病院にいたんだ、そう、保護施設さ、そこじゃあ時間がゆっくり過ぎていて、白衣を着た人間たちが朝も夜も俺たちの面倒を見てくれた、俺はアウストラロピテクスみたいな車椅子に乗せられ、よく散歩に連れていかれたもんだよ、頭の毛は剃られ、両手は拘束されていた、俺が手当たり次第に物を壊しちまうんじゃないかと恐れてのことさ、別の狂人たちは俺のことをバカにしてこう言ったものさ、『おい、みんな、こっちに来てこのイカれた男の話を聞こうぜ、毎日叫んでるこいつの姿を見てみろよ、息子が自分の嫁とヤッちまったと思ってるんだ、おいおい、こいつは本当にイカれてるよ』、俺は一日中叫び続けている危ない狂人たちの部屋に入れられていた、だから俺も叫びはじめるようになったんだ、だって、その危ない狂人たちの部屋じゃあ、叫んでない奴は別の狂人たちに殴られるからな、俺は説明したよ、自分は狂ってなんかいないってね、長男は俺の妻とヤッていて、俺と息子はいつも同じ陰部の世話になっていたんだって、それから、妻と息子が裸でいる現場を押さえたら、奴らがボンバの哀れなキリストの体位でミミズみたいに絡まり合っていたんだって、俺は続けて言った、息子と妻は鞭を使っていて、閨房哲学[*1]を実践するように鞭を使っていたのは俺の妻のほうだったって、部屋のあちこちから笑いが起こった、そのときだ、白衣を着たニグロの女が来て俺にコップ一杯の水を渡してくれた、俺はそのコップを頭

＊1　『閨房哲学』（一七九五）はサディズムの起源であるフランスの小説家マルキ・ド・サド（一七四〇－一八一四）の小説。

突きでひっくり返し、その勢いで車椅子は病棟の大部屋の端まで転がっていったんだ、すると医長が六人ほどの看護婦を従えて走ってきた、俺は医長が精神医学の国家博士の権威を振りかざして命令を下すのを耳にしたよ、『拘束衣をきつく締めなさい、彼から目を離してはいけないと言ったはずだ、服用する錠剤を二倍にしなくてはいけない、注射を打つんだ、何とかそれで落ち着いてくれればいいが、クソッ』、彼らは俺を眠らせようと注射を打った、というのも、彼らは俺の頭がおかしくなって、いつも同じ話を繰り返し、しかもその妻と息子のセックスの話は俺がでっち上げたものだと思っていたからだ、それにセリーヌは耳を傾けてくれる人には誰でも、俺がずっと昔から正気を失っていて、酔っぱらいで、長男を殴っていると説明していたんだ、長男のほうもこのセリーヌの嘘を信じていた、それで錯乱状態ということで俺は注射をされたのさ、すごく長い時間眠っていたと思う、目が覚めたときには何にも覚えちゃいなかった、あたりは雲ばかりで、空の低いところには色鮮やかな蝶が何匹も飛んでいたから、ついにあの世に来たのかと本気で思ったよ、それで、天使じゃなくて本物の神様に会いたいと言い、父なる神の前じゃなきゃしゃべらないし、天使や他の下っ端の神なんぞ関係ねえ、と口にしたんだ、周りにいた人間は目を丸くしながらこっちを見て、俺に落ち着くように命じ、すぐに本物の父なる神が迎えに来てくれること、すべて予定通りで、俺は天国に来たんだということを告げた、俺の前にウスマン・ソウ[*1]の彫刻みたいな背の高いニグロの姿が見えた、この男は少し歳をとっていて、白衣を着ていた、これからミサを行うような厳粛な様子でこっちへやってきたんだ、それから自分のことを全能の神だと言った、俺は小ヤギのように飛び上がった、ムカついたんだ、俺は言ったよ、それはひどい侮辱、許しがたい邪説だってね、それから、こいつは神じゃない、神が黒人なわけがないと言った、連中はみな、目を丸くして俺のほうを見た、それから白衣を着た別の男を呼んだんだ、この男も背が高かった、白髪で髭をたっぷりたくわえていて、青い目と真っ白な肌をした男だった、俺は本当にトランス状態で、まるで聖霊が宿っているようにブルブルと震えていたんだ、それから俺は、まるで本物の神に語りかけるように話しはじめたんだ、だが告解が終わると急に声が出なくなり、ひと言も言葉が出なくなっちまった、俺は本当におかしくなったんだよ、もう話せなくなり、人が二重になって見えたんだ、周りでずっと雑音が鳴っていて、人々がでかい声でしゃ

＊1　ウスマン・ソウ（一九三五－二〇一六）はセネガルの彫刻家で筋骨隆々の大きな人物像で有名。

べっていたんじゃないかな、妻が面会に来ることはなかった、息子のほうは言うまでもない、仕事仲間たちが花束と『パリ・マッチ』の最新号を持って見舞いに来てくれたが、誰が誰かはもうわからなくなっていた、彼らのことを激しく侮辱していたものだから、一か月後には保護施設に見舞いに来る人間は誰もいなくなった、それで妻は俺と同胞のアフリカ人弁護士の忠告で離婚を求めてきやがった、彼女の弁護をするのに、俺の同国人、しかもこのあたりで生まれた人間以上にふさわしい奴はいないよな、そのへボ弁護士野郎もどうせセリーヌとベッドで猥褻なことをやってるはずだ、だって彼女は目の前に黒人がいれば必ず飛びつくような女なんだから、彼女はニグロと疲れないでセックスする方法[*2]を知っているのさ、妻は離婚を勝ち取った、離婚に関して法律は明快だった、何条の何行目かは忘れたが一八〇四年民法典によって、危険と判断されたちょっとおかしい夫、頭の弱くなった夫を妻に押しつけることはできない、だから子どもの養育も彼女が行うことになった、そして何より、俺の本国への送還が約束されたんだ、祖国では俺のいかがわしい冒険を知って以来、俺の両親も彼女と同じことを望んでいたからな、こっちに帰ってくるまでの数か月間、俺はずっと口をきけなかった、ようや

＊2　『ニグロと疲れないでセックスする方法』はダニー・ラフェリエールの一九八五年の自伝的小説のタイトル。

く正気を取り戻したのは飛行機が祖国に着陸した日なんだ、ふたり揃った両親の姿、彼らの悲しみと恥辱に満ちたまなざしを見たときのことさ、ふたりとも心を痛めていたんだ、本当だよ、それから俺は酒を飲みはじめた、俺のあとを追い回す影たちを追い払うためにね、両親との実家暮らしは断った、屈辱だからな、俺は昼も夜も歩いた、それで、老人のように背中の曲がった姿でここにこうして辿り着いたというわけさ、俺は海沿いを歩き、俺のあとを追い回す影たちと話をする、そして午後になるとここに来るんだ、困ったことにな、でも、はっきり言ってくれ、《割れたグラス》、お前さんも内心じゃあ俺のことを狂人だって、頭がおかしくなった人間だって思ってるのかい、悪意をもった狂人が話していると思ってんじゃないのか、本当のことを言ってくれよ、なあ、いままで俺が話してきたことは必ずノートに書いてくれ、そして、書き取ったものは破り捨てないでくれ、もう一度言うが、もし書かなかったなら、そのノートには何の価値もない、一文の価値もな、ここにやってくる人間の中で俺が一番偉いことはわかっているよな、そう、俺が一番偉いんだ、だって俺は『フランス行き』をやったからな、『フランス行き』なんてそこらのバカじゃできない代物だ」

いまじゃ毎日、《印刷屋》が、いかがわしい冒険と彼が呼ぶこの話を誰かにしているのを見かける、てっきり俺にしかしていないと思っていたんだが、彼の頭は何かがうまく機能していないんだと本気で思う、明晰になる時間帯はあり、とくに午後は明晰なんだけど、さしずめ彼がおかしくなったのはこの話のせいだと俺は思うね俺は〝ツケ払いお断り〟の主人と議論をするのが好きだ、彼が未婚で、子どももおらず、結婚も子どもも重荷でしかないし、夫であることは簡単じゃないどころか厄介で面倒でしかないと考えていることはみんな知ってる、だから、彼はよく、自分は〝ツケ払いお断り〟と生涯結婚したと言うんだ、この結婚はもう数年続いている、確かに、ときどき彼が女と上の階に上がっていくのを俺は目撃している、たいていは豊満な女だ、真っ平らな女に彼は興味がない、そういうわけで、彼が上の階に引きこもり、息を切らせて笑顔でバーに戻ってくる様子をときおり見てきた、ヤッたんだなということは誰の目にも明らかだった、そのあとはひどく気前がよくなり、求められれば誰にでも飲み物をおごっていた、生まれ故郷の村ンゴロボンドから来た老いた彼の両親を俺は何度か見かけた、《頑固なカタツムリ》は父親に瓜ふたつだったが、彼は自分の両親については決して語らなかった、彼らはいまも存命で、以前よりさらに老いて弱くなっているはずだ、息子がバーを開店する際に起きた騒ぎの直後に、彼らは村に引っ込むことに決めたんだ、付き合いのあった人々は彼らがひとり息子を愛しており、息子が学校へ行き、オフィスで働くかフルタイムの公務員になるためにはどんな努力でもしたと思っている、だが現実はそんなふうにはならず、運命は別の判断をした、《頑固なカタツムリ》は学校で劣等生だったわけではない、ただ同級生にいまの農業大臣であるアルベール・ズー・ルキアがいたんだ、〝ツケ払いお断り〟の主人は劣等生ではなかった、それどころか、優秀な、きわめて優秀な学生だった、彼は小論文、地理、算数などが好きだった、いまでもまったく口ごもることなく何篇かの詩を完璧に暗誦することができる、本当にすごいよ、俺もときどき試してはみるが二節までが限界、バーの主人はアルフレッド・ド・ヴィニーの「狼の死」が大好きで、いつもこの詩を暗誦している、俺はその最後の句を聞くと涙がこぼれるんだ、まるでアルフレッド・ド・ヴィニーという詩人があらかじめ彼のためにその言葉を書いたんだじゃないかって気持ちになる、「**嘆くこと、泣くこと、祈ることはどれも臆病者のやることだ、運命がお前に求めた道で、長く重い自分の責務を力いっぱい果たすのだ、それから私のように、苦しみ、何も語らず死んでゆけ**」、《頑固なカタツムリ》の小声の暗誦には耳を傾けなくちゃいけない、彼は一回でバカロレア[*1]を取得したこと、そして、もっと勉強を続けられたことを自慢げに思い返すことがある、ただ残念なことに両親に知らせることなく勉強をやめてしまった、それが当時の流行だった、国外で成功することが求められたんだ、すでに不況の時代だった、地位のある連中ならば身内のために職を見つけられた、たとえ無能な人間だったとしてもだ、《頑固なカタツムリ》は仕事を求めてアンゴラ、ガボン、チャドを回りはじめた、ずっと実業家になることが、つまり、誰に対しても報告などする必要のない人間になるのが夢だったから、そして、このノートの冒頭にはっきり書いたような事情で、カメルーン旅行中についに起業することを決心したんだ、ただ、ここではもう繰り返さないでおこう、たとえ酔っぱらっていても意味のない繰り返しや冗長さは嫌いだからな、そんなのは一流の駄弁家

＊1　バカロレアはフランスの高等学校教育修了のための国家試験ならびにその資格。

として有名な作家が、ひとつの世界を創り出しているように見せながら、実際にはどの本を料理するにも同じソースを使っているのと同じさ、ありえないよ

「それで、《割れたグラス》、お前のほうの調子はどうだい」、数日前にまた《頑固なカタツムリ》から尋ねられた、「まあ、いいかな」、俺はそう答えた、すると彼はまじめな様子でこう言ったんだ、「《割れたグラス》よ、お前にはちょっと愛情が必要だと思う、いい恋人を見つけて、ときどきヤッたほうがいい、いいもんだよ、本当に」、すぐに俺は「この歳だし、興味がないよ」と答えた、「お前は人生をやり直すべきだと思う、年齢は関係ないよ」、「いやいや、誰がこんなボロ切れみたいな人間を受け入れてくれるんだ、ふざけてるんだろ、《カタツムリ》」、彼は続けた、「とんでもない、俺はふざけてなんかない、真剣さ、《蛇口女》なんてどうだい、なあ、美味しそうなごちそうだと思うけど」、「いや、《蛇口女》だけはないよ、あのごちそうは俺にはでかすぎる、飲み込めないよ」、そう言って俺は笑い声を上げ、それからふたりで笑った、そのとき俺は《蛇口女》が前に〝ツケ払いお断り〟に来たときのことを思い出した、あれは本物の鉄の女で、バーの主人は俺とくっつけようとしていたが、俺はてっきり冗談だと思っていた、というのも、《蛇口女》というのは俺よりも酒を飲むんだ、レバノン人が中央市場で売っているアデレード・ワインの酒樽くらい飲むのさ、《蛇口女》は酔うことすらなく、ひたすら飲んで、飲んで、飲み続ける、そんなふうに飲んでいると、彼女は決まってバーの裏に行って小便をするんだ、俺たちみたいにトイレでじゃない、バーの裏で小便をすると最低でも十分間はノンストップで、公共の噴水の栓を開いたみたいに次々と流れ出るんだ、はったりなんかじゃない、信じられないけれど本当のことだ、制限時間無しの小便レースで彼女と張り合おうとした男たちはみな、武器よさらば、と降参することになる、彼らは敗れ、打ちのめされ、潰され、嘲笑され、埃やトウモロコシ粉まみれにされてきたんだ

《蛇口女》は、前に〝ツケ払いお断り〟に来たとき、それまでこのバーでは見かけたことのない男を誘惑した、まず《蛇口女》のほうから露骨な攻撃をしかけていったんだ、六〇年代に世界チャンピオンのタイトルマッチでモハメド・アリがソニー・リストンに喰らわせたあの見えないパンチみたいなやつをね、「鶏小屋の雄鶏みたいに体を揺すってるそこのあんた、もし私よりも長く小便が出せたら、いつでもどこでも、タダでヤらせてあげる、約束するよ」、彼女がそう言うと、男はこう答えた、「偉そうな女だな、誰を相手にしてるのかわかってるのか、お前の挑戦は受けてやるよ、《蛇口女》、だが終わったらお前とヤるからな、俺はでかいケツとでかいおっぱいが好きなんだ」、誰もが笑った、この男があまりに偉そうで、自分がどこに足を踏み入れたのかわかっていなかったからだ、もし彼がこの女のことを一度でも耳にしていれば、そんな無責任なことを口にする勇気はなかっただろう、俺たちはみなその場で、この何某《なにがし》とかいう男が地面に倒れている姿を想像して、すごく楽しんでいた、《蛇口女》はこの招かれざる客の言葉に気分を害していた、負け知らずの彼女はこの町の、この地区の小便女王だ、《蛇口女》は男にこう答えた、「あんたイカれてるのかい、私のことをデブ扱いする前に、まずは勝つことだよ、あんたは口先ばっかりだ、私を負かすことなんてできやしないよ、あんたごときがね」、男は答えた、「いや、俺は勝てるよ、おデブちゃん」、「いやいやいや、かわいそうな自惚《うぬぼ》れ屋さん、私と張り合うには並大抵では無理なんだよ、周りにいる男たちに訊いてみな、私が何者なのか教えてくれるはずさ」、《蛇口女》はそう言い返した、「俺は自惚れ屋なんかじゃないよ、かわいこちゃん、いつも有言実行だ」と男は言った、「本当にホラ吹きだね、そんなふうに口が立つから、自分が何でもできると思い込んでるんだろうね、あんたは何もできないんだよ」と《蛇口女》は言った、やりとりを遠くから見ていた俺は、これは茶番だと思った、あのふたりはどこかで知り合っていて、俺たちの前で『三人の求婚者、ひとりの夫』[*1]みたいな上質な芝居のワンシーンを演じているように思えたんだ、ふたりはこの町の泥棒、あのおかしな連中みたいに知り合い同士なんだと俺は本気で思っていた、しかし芝居なんかじゃなかったんだ、自惚れ屋の男は勇敢な男の振りをし、負け知らずのように振る舞ったが、川の湾曲したところで自分に待ち受けていることを理解していなかった、彼は黒いジャケッ

*1　カメルーンの作家ギヨーム・オヨノ・ンビア（一九三九-二〇二一）の一九六四年の戯曲。

トに白いシャツ、赤いネクタイを身につけ、光沢のある靴を履き、まるで地位の高い人物のような身なりをしていた、俺たちのことはきっと乞食か百姓、つまり、団結することを知らない国のプロレタリアくらいに思っていたはずだ、雲の切れ目からかろうじて八月の光が差し込むこんな白く乾いた季節に、[*1]彼のカールしたオールバックの髪の毛がなぜあれほどツヤツヤと輝いているのかわからなかった、だが、伊達男というのはどんなときも伊達男なのであって、白く乾いた季節ですら伊達男であり続ける、だから夜のもっとも暗い闇の中でも彼の髪はやはりツヤツヤと輝くはずだ、彼は鏡の前で何時間も過ごしていたに違いない、ブラシアイロンが偏愛の対象だった、この国では縮れた髪の毛が最大の不幸だが、カールした髪の毛のおかげで彼は白人に少し近づいていた、それから、上流の人間であるような振る舞いでたばこを吸い続け、自己紹介をしようと次のように語ったんだ、「知らない奴らのために言うが、俺の名はカジミール、俺を止められるものは何もない、あちこちでこの名は知られていて、優雅な生活を送ってるんだ、わかるか、ここに立ち寄ったのは一杯やるため、ただそれだけだ、俺はお前らと違って酔っぱらいじゃない、俺が求めているのは優雅な生活だ」、俺は思った、「**ま**

＊1　『白く乾いた季節』は南アフリカの作家アンドレ・ブリンク（一九三五－二〇一五）の一九七九年の小説。アパルトヘイト政策に反対するひとりの白人男性の戦いを描いたもので、一九八九年にはフランス領マルティニーク島のユーザン・パルシー監督（一九五八－）によって映画化されている。なお、邦訳は『白く渇いた季節』。直前の『八月の光』はアメリカの作家ウィリアム・フォークナー（一八九七－一九六二）の一九三二年の小説。

ったく、こんなしゃべり方をするこの男はいったい何者なんだ、奴は自分がベトナム戦争のような泥沼にはまり込もうとしているのがわかってるのか」、優雅な生活を送っているなんて言い張るこのカジミールという男に俺たちは反感を抱いた、彼は俺たちのことをみな酔っぱらい扱いしたんだ、なぜこの男はよそで、彼と同じような優雅な生活を送っている人間のところで、一杯やろうとしなかったのか、そうだろ、なぜ俺たちのところに来て、俺たちが惨めで哀れな成り上がり者でしかないなんて思わせたのか、《蛇口女》が口先ばっかりと言ったのは正しい、俺はこうも思った、この男はしかるべき戒《いまし》め、ふさわしい罰を受けるに値すると、そして「**何にしても、アーメン、賭《かけ》はなされた**」と心の中で言った、それはそれとして、いったい彼は何の目的でここにやってきたんだろうか、あんな公証人か葬儀人か、あるいはオペラのマエストロみたいな格好をして、オペラなんて、カジミールみたいな優雅な生活を送っている連中が、セリフの意味すらわからないまま鑑賞して拍手するクソみたいな音楽だ、尻を振らせることもできないような音楽、「**踊ってるのを見てよ**」って周りの人に言えない音楽って何なんだろう、汗をかくことも、いくところまでいこうと思わせるために女の恥丘をさすることもできない音楽なんて意味がわからない、俺が踊っていた頃、つまり、まだ他の男たちと同じだった頃は、楽園へと降りていって、酔いどれ天使たちが俺を翼に乗せてくれるような感覚になるのが好きだった、俺はいいダンサーだった、相手の女がクルクル回って俺の腕の中に飛び込み、このあとどうするかはあなた任せなんて、そんなことができるダンサーだった、だがいまは自分のことを話すのは控えよう、自分のことばかり考える誇大妄想な奴だと思われてしまうからな、《蛇口女》とこの男は世界終末戦争[*1]を行うために〝ツケ払いお断り〟の裏手に移動した、〝ツケ払いお断り〟の裏には不意打ちにはもってこいの行き止まりみたいな場所があって、怪しい取引をするのに使われていた、ふたりはその場所に回り俺たち証人も彼らについていった、俺たちは単なる野次馬にすぎず、優雅な生活を送っているカジミールが倒れ、彼が屈辱を味わいながら、俺たちの前で黙り込むのを待ち望んでいたんだ、誰もがみな《蛇口女》のファンだったから、彼女を応援し、彼女に拍手を送った、〝ツケ払いお断り〟の裏手の、野良猫の小便と病気の牛のクソのにおいがするあの汚らしい場所で、優雅な生活を送るカジミールは、老ニグロが着るジャケットと勲章を脱ぎ、たわんだネクタイを外し、脱い

*1　『世界終末戦争』はマリオ・バルガス＝リョサの一九八一年の小説。

だ衣服をすべて丁寧に折りたたんでから隅のほうの地面に置いた、それから彼はピカピカの靴に映った自分の姿を見た、この最後の格好つけがまた俺たちをイラつかせた、自分を何様だと思ってるのか、《蛇口女》に笑い者にされ、つぶれたイチジクみたいな顔にこれから一発お見舞いされることになるのに、どうして自分の姿なんか気になるんだろう、それでもこの男は自分の姿を見て、かすかな八月の光でツヤツヤと光る、ブラシアイロンでカールさせた髪の毛をかき上げたんだ、こんな自惚れた野郎は見たことがない、それから《蛇口女》はまず腰巻きの布で作ったブラウスを脱いだ、その姿は正直言って、王妃マルゴ*2がドレスのホックを外す様子とはほど遠いもので、《蛇口女》は続けて腰巻きをウエストのすぐ下まで捲《まく》し上げた、すると哺乳綱奇蹄目《ほにゅうこうきていもく》*3のようなケツと、ハイチの素朴派の絵の女みたいにむっちりした太もも、そしてプリムス*4の瓶のようなふくらはぎが露《あら》わになった、このアバズレは下着を身につけていなかったが、それはきっと、あの山のような尻を飼いならせる下着が存在していないからだろう、彼女が長いゲップをしたので俺たちはみな気持ち悪くなった、それから大きな声で彼女は言った、「神の望む通り、真実は夜明けの光とともに明らかになるだろう、持つか持たざ

*2　ブルボン朝初代のフランス国王アンリ四世（一五五三―一六一〇）の最初の王妃。宮廷の華で、派手な男性遍歴でも有名だった。フランスの作家アレクサンドル・デュマ・ペール（一八〇二―一八七〇）の歴史小説（一八四五）の題材にされたことでも知られる。

*3　哺乳類の中のウマ科、サイ科、バク科の三科の動物。

*4　プリムスはベルギーのビール。

るか、これからはっきりさせるつもりだよ、君たち」、それからふたつの塔のような両の尻を広げると彼女の性器が露わになった、するとそこにいる全員が拍手喝采した、奇妙なことに俺も他の連中と同じく死ぬほど勃起していたんだ、正直にならなくちゃいけない、真実は隠すべきじゃないんだ、そう、俺は勃起していた、だって女のケツはやっぱり女のケツだからな、小さかろうと大きかろうと、平らだろうとふくよかだろうと、縦縞の鞭の跡がついていようと、神経痛になるほどの肌であろうと、ヤシ酒色の痣《あざ》が散らばっていようと、天然痘を発症していようと、女のケツは女のケツだ、まず勃起してから、いくかいかないかを決めるというわけさ、優雅な生活を送るカジミールのほうもズボンを脱いで、水辺の鳥みたいな痩せこけた両足と入り組んだゴルディアスの結び目[*1]みたいな膝を露わにした、彼はトマトみたいに真っ赤な古い下着を身につけていたが、それをくるぶしまで下ろすと性器が丸見えになった、素粒子みたいな小ささで、俺たちは爆笑したよ、いったいどこから貧相な小便が出るんだって思ったね、それでも彼はそのちっぽけなモノを俺たちの前にさらした、そこには毛だらけの玉がぶら下がっていて、白く乾いた季節にほとんど裸になった木に残っている果実のようだった、

＊1　決して解けない結び目の意。

それから彼は自分の素粒子を懸命にいじって、宝の棒のように扱い、市場で旅行者たちに囲まれたコブラ使いみたいに小声で語りかけた、彼は自分のモノをちゃんとした形にしようと努力したんだ、ずっと嘲笑を浴びせながら、《蛇口女》を支持する奴らや、イチモツがちっぽけだからってなんとか困らせてやろうという奴らが周りにいる中で、そんなに簡単な話じゃない、それでも彼はまるで俺たちなんか存在していないみたいに集中していた、味方は自分自身しかおらず、他の人間はみな《蛇口女》の信者だということを彼はわかっていたが、それでも動揺することはなかった、それどころか自信満々で、対戦相手のことなど見もせず、この類いの挑戦には慣れた人間の冷静さを保ったまま、淡々と準備をしていた、彼は尿意を催すために自分の素粒子を揺らし、ひっぱり、ぐるぐると回した、準備は整った、さあはじまりだ、勝負は開始された、《蛇口女》は厚皮動物のような両足を開いた、その陰部は俺たちのすぐ目の前にすっかり露わになった、不意に彼女の小さなエンドウ豆が大きくなっているのが見えた、子どもを産むときのハイエナのようなキーッという長い叫び声を彼女が上げると、俺たちはもっと近づいた、水の入ったビニール袋に穴をあけたときみたいに湯気の立った黄色い液体がほとばしり、あやうく俺たちにかかりそうになったが、ギリギリのところで一歩下がって避けた、反対側では優雅な生活を送るカジミールが膀胱に溜めていたものを放っていた、しかし《蛇口女》の小便のほうが重くて、熱くて、堂々と飛んでいたし、何より遠くまで飛んでいた、それに対して相手の自惚れ男の小便はちょろちょろと飛び跳ねていたにすぎない、まるで赤ちゃんカンガルーや、牛よりも大きくなりたいカエルや、鷲を真似たいカラスの小便みたいに、くねくね、よろよろ、ふらふらしながらシャンポリオン[*1]という名の男を刺激したヒエログリフのような模様を地面に描いていた、シャンポリオンはファラオやミイラの時代の小学生が描いたみたいなこうした模様を解読するのに頭を悩ませるのが好きだったらしい、男の無秩序に飛ぶ小便は足元からほんの数センチのところに留まっていた、《蛇口女》はそれに喜んで、こらえきれずに男に向かって言葉を浴びせかけた、「出せ、もっと出せ、マヌケ、そんな感じで私とヤるつもりかい、さあ、もっと出しなよ、マヌケ」、ふたりともそれぞれのやり方で小便をしていた、二分間の小便は長いが、ふたりとも毅然としていた、普通の小便の出方ではあったが優雅な生活を送るカジミールは出し続けた、俺だったらもうとっくに終わって、

＊1　ジャン＝フランソワ・シャンポリオン（一七九〇－一八三二）は古代エジプトの象形文字ヒエログリフを解読したフランスの研究者。

自分の素粒子を元の場所にしまっていることだろう、しかし男は執拗に五分以上にわたって旗を掲げ続けた、目を閉じ、ひとりの尼に対するレクイエムを幸せそうに口ずさむ男のように空を仰ぎながら、平然とした様子で、小便の勢いを増していた《蛇口女》からの威嚇や挑発には耳を貸さなかった、ますます調子が乗ってきた《蛇口女》は不意に男を挑発した、「降参しろ、マヌケ、降参するんだよ、お前は負ける、小便の仕方を知らないんじゃないか、負けなよ、言っておくけど、私はまだ何リットルも貯まってるよ、注意しな、皆の前で恥をかきたくなければもう止めるんだな、いますぐ小便を止めな、そして、ありがとう、さようならって言えばいいんだよ」、《蛇口女》はそんなふうに叫んだ、男はそれに対してこう答えた、「黙って小便してな、おデブちゃん、本物の巨匠はしゃべらないもんだ、なんで俺がありがとう、さようならなんて言わなくちゃいけないんだ、人生でそんなことは一度もないね、降参するのはお前さんのほうだよ《蛇口女》、俺はお前を抱くんだ」、それから彼は自分の毛だらけの玉を押した、すると小便の量が格段に増えたんだ、俺たちは驚きで目を丸くした、この自惚れ屋はいまやさらなる自信をもって小便をしている、奴の素粒子が二倍、いや三倍の大きさになっていることに気づき、信じられなくて目をこすった、玉袋のほうは突如膨れ上がって、ヤシ酒が詰まった古いひょうたんみたいにふたつ揺れていた、彼は嬉々として小便を続け、ふとトロワ＝サン地区のクズどもが口ずさむ賛歌を、それからバロック協奏曲を、それからゼイオー[*1]の曲を口笛で吹いて皆の注意を集めた、そのあいだ《蛇口女》のほうは全力で頑張っていた、彼女は何度も屁をもらし、俺たちは鼻と耳をふさがなくちゃならなかった、なにせ強烈なにおいだったしヤギ祭のときの花火みたいな轟音だったから、彼女の屁はナイジェリアで闇取引されているナフタレン[*2]みたいなにおいがして、ニューオリンズの中古トランペットみたいな音が出ることもあった、俺たちは《蛇口女》の象みたいなケツをまじまじと見ていた、観衆のひとりが俺たちに、向こうの優雅な生活を送るカジミールは決定的な段階に入った、教皇の列福にも値するような奇跡を起こしている、と教えてくれた、俺たちは近くでそれを見ようとこぞって押しかけた、ルルドで起こっていなくても奇跡は見逃しちゃあいけない[*3]、何世紀もあとになって語られることの証人にはなるべきだ、オウムが繰り返すコレラの時代の愛の物語を聞くよりもみずから証人になるほうがいい、そういうわけで俺たちは優雅な生活を送るカジ

＊1　一九九三年に結成されたアメリカのメタルコアバンド。キリスト教をテーマにした楽曲で知られる。なお、フランスにも同名の「ＺＡＯ（ザオ）」というジャズロックバンドが存在する。ここは英訳版を参照し、アメリカのバンドを指すとした。

＊2　芳香族炭化水素のひとつで、防虫剤などに用いられる。

＊3　一八五八年、フランス南西部の町ルルドで起きた聖母マリアの出現を指す。

ミールのところに急いだ、そして仰天たまげたんだ、目の前で起こっていることは信じがたかった、その場で見てなくちゃ信じられないが、俺たちは優雅な生活を送るカジミールが残した小便のジグザグの跡に、フランスの地図がすごい完成度で描かれていることに気づいた、普通の出方をしている彼の小便はパリのど真ん中に向けられていた、「あんたたちはまだ何も見ていないよ、俺は中国の地図も描けるし、北京の通りをめがけて正確に小便をすることもできるんだ」、《蛇口女》はもう訳がわからなくなった、彼女は振り返ってからこちらを一瞥《いちべつ》し、俺たちにこう言い放った、「私のほうに戻ってきな、ねえ、私のほうを見なさい、そっちで何を見ているんだい、お前らはみなホモか何かなのか」、それでも俺たちはミステリアスな自惚れ屋の男のほうに惹かれていて、彼に喝采を送り、地理学者カジミールなんてあだ名までつけた、男はこの勝負に興じていた、「俺はマラソンをしてんるだ、短距離走じゃない、俺はこの女とヤる、彼女をヘトヘトにしてやる、信じてくれ」、そう言いながら、トロワ＝サン地区のクズどもが口ずさむ賛歌を、それからバロック協奏曲とゼイオーの曲を口笛で吹いた、彼が描くフランスの地図がすべての地方を含めて大きくなっていくにつれ、俺たちの声援は大きくなった、このすばらしい出来の作品の隣に別の小さなデッサンが描かれた、「おいおい、ありゃあ何だ、フランスの地図の横にあるのは、あいつは何を描いたんだ、なあ」、優雅な生活を送るカジミールの芸術のせいで取り乱した観衆のひとりがそう尋ねた、「コルシカだよ、バカ」、小便をし続けながら作家は答えた、今度はこのコルシカに対して拍手喝采が起こった、観衆の中にはコルシカという名をはじめて知る者もいた、連中はぶつぶつ小声で話し、議論をしはじめた、それから本当に取り乱した観衆のひとりが問いかけた、コルシカの大統領は誰だ、コルシカはどんな国だ、首都はどこだ、大統領は黒人なのか白人なのか、と、皆は声を揃えて「アホ、バカ」と叫びながらこの男を追い出した、ふたりが小便飛ばし対決をはじめてすでに十分以上が経っていた、それを見ていると俺も小便がしたくてたまらなくなった、普通、誰かが小便をしてると、自分もしたくなるからな、だから病院では尿意を催させるために水道の蛇口を開きっぱなしにするんだ、ふたりの戦いは続いていたが、その最中に、《蛇口女》の臀部《でんぶ》から目が離せなかった観衆のひとりがズボンから自分のモノを出し、興奮してそれを触りはじめた、それから、ヤギ祭の最中に頭をはねられたばかりの豚のように、後ろでオーガズムに達した声を上げるのが聞こえた、集中して勝負に打ち込み、まったく動じていない様子のふたりはあいかわらず小便をしていた、「もしこのまま続くのなら私はここでやめるよ、勝負をやめるって言ってるの、こんな状況で努力することはできない、私のことを何だと思ってるの、ねえ、人が努力しているときに私がその人を邪魔すると思うかい、ねえ、私はやめるよ、見せ物はこれで終わり」、皆が後ろを振り返った、発言したのは《蛇口女》だった、実際、彼女は小便をやめていた、そして、俺たちが小学生みたいに振る舞うせいで集中できなくなったと主張した、それでも彼女は品位を保ちながらフェアプレイの精神で、優雅な生活を送るカジミールのもとに赴いて、愛情を込めて彼のモノを触りながらこう言った、「よかったよ、坊や、今日はあんたの勝ち、あんたは本物の小便垂れよ、今度はおしっこと同じくらい長く射精できるか確かめましょう、いつどこでしょうか、私はあんたのものよ」、俺たちは拍手を送った、《蛇口女》がそんなふうに降参し、間接的に停戦を求めるのを見るのははじめてだったからだ、それから《蛇口女》と優雅な生活を送るカジミールは、トロワ゠サン地区のフェット広場のそばにある連れ込み部屋で会うことに決めた、誰も見ることができないこの約束に俺たちは不満だった、てっきりすぐ目の前でやるもんだと期待していたからだ、俺たちは少しがっかりしながらバーに戻った、そのあいだに、《蛇口女》と優雅な生活を送るカジミールはタクシーになだれ込み、連れ込み部屋へと出発した、その後ふたりがどうなったかは誰も知らない、この勝負のあとに優雅な生活を送るカジミールの姿を見ることはもうなかった、《蛇口女》はときどきここにやってきたが、その件についてはもうおしまいと言った、俺が思うに彼女はベッドではカジミールに惨敗だったに違いない、彼に太刀打ちできるだけの力はなかったんだと思う、そうでなければ、きっと俺たちに酒を飲ませては、優雅な生活を送る自惚れ屋のカジミールをどうやってベッドで負かせたか、詳細に話しているはずだ

本当のことを言えば、《蛇口女》とヤるのは悪くないと思った、俺もずいぶん長いあいだ射精していなかった、欲しいものがないときは有り合わせのもので我慢できる、でも《蛇口女》みたいな女相手に最後までイケるかどうかは自信がな

い、彼女は地震のようなオーガズムを感じさせてくれるに違いないだろう、そうした女をヒーヒー鳴かせるには、長い時間激しく動き続け、鞭で打たなくちゃならない、《頑固なカタツムリ》の下品な提案を断ったのは本意じゃなかった、たぶん、このバーの主人の領分を侵すのは気が引けたからというのもあるだろう、《蛇口女》の上に乗ることや、《頑固なカタツムリ》本人が発作を起こしたウサギのように女の上で手足をバタバタ動かしているのを想像することは、俺には気詰まりだった、それにバーの主人が嫉妬深くないなんて誰が言える、俺としてはややこしいことで《頑固なカタツムリ》との関係に影がさすのは望んでいない、兄のような存在と仲違いはしたくないんだ、だがそもそも、《蛇口女》が俺みたいな床雑巾を上に乗らせてくれるんだろうか、しかもテクニックの問題がある、俺は手足が頑丈じゃない、現実的になるべきだ、《蛇口女》の尻が異常にでかいことを考えれば、彼女の陰部のGスポットを探し出すのに丸一日かかるのは間違いない、かろうじてBスポットくらいには辿り着けるだろう、それでもC、D、E、F地点が残っているから、彼女は決して満足してはくれないだろう、ここで俺は考えるのをやめた、ここまでノートを書き続けてきたが、このあたりで俺には十分な休息が必要ということだ、しばらくのあいだは一語もノートに書きたくない、俺は酒を飲みたいんだ、ただただ飲みたい、それが最後になろうとがぶがぶと飲みたいんだ、もし頭の中できちんと計算ができているなら、これまで数週間、息を切らしながら書き続けてきたことになる、俺のこの新しい活動についてあれこれバカにする人間がいて、俺が教職に戻るために試験の準備をしているなんて噂を流す奴までいる、そいつらは、だから俺が酒を飲むのをやめてこのバーに来なくなった、なんて言っているが、そんなのバカげてる、六十四歳にしてふたたび教師になるなんてつもりはさすがにない、まあ、いずれにしても俺は休まなくちゃいけない、もう一行も書かないで、何ひとつ読み返さないでおこう、時間を置いてから続けるつもりだ、いつになるかはわからないが続けるつもりはある、すべてのエネルギーをこれに注ぎ込みたくはないけれど、第二部を書き終えたら、どこかに行こう、どこか遠くにね、どこかはわからないけど、俺はここを去るつもりだ、《頑固なカタツムリ》がどう思おうが知ったことじゃない、〝ツケ払いお断り〟から遠く、遠く離れたところへ

ノートの後半部

今日はまた別の日、曇り空だ、俺は悲しくならないようにしている、その魂がチヌカ川の濁った水面をいまも漂っている哀れな母はよく言っていた、陰鬱さに身を任せるのはよくない、きっとどこかにお前を待ってくれている人生があるって、俺もどこかで誰かが待ってくれていることを願っている、今日は朝五時からいつもの場所に座って、いつもより少し距離を置いて物事を眺めている、そうしなくちゃうまく語ることはできそうにないからだ、俺がこのノートの前半部を書き終えたのは四、五日あまり前のことだ、そのうちの何ページかを読むと笑いが漏れる、かなり前に書いたものだ、最終的に自分が書いたものに満足しているか自問し、何行か読み直してみると、むしろ大きな不満を覚えた、熱く興奮させるものは何もなく、本当のところすべてにいらだちを覚える、だが誰のことも非難はできない、俺はちょっと気弱になっている、口の中が粘《ねば》ついていて、まるで前の日に青バナナ入りの豚肉料理を食べたみたいだ、でも実際には、昨日から何も食べていなくて、不吉な考えが波のように俺の中に押し寄せ、俺を覆っていた、自分はいま遺書を書いているんじゃないかと疑ったほどだ、だが遺書について話す必要はない、死ぬときには相続するものなど何も持ち合わせちゃいないだろうからな、そんなことはすべて夢でしかない、だが夢があるおかげで俺たちは汚れきった人生に何とかしがみついていられるんだ、いまじゃ夢の中みたいな人生を生きているとしても、俺はまだ人生を夢みているんだ、これまで生きてきた中でこんなに明晰だったことはない

日々が過ぎてゆくのは早いはずだが、ここに座って何かを待ちながら、頭がクラクラするまで酒を飲み続け、地球が自転をしながら同時に太陽の周りを回って

いるのを見ていると、逆のようにも感じられる、もっとも、そんなクソみたいな理論など一度も信じたことはない、まだ他の奴らみたいな普通の人間だった頃には学生たちに繰り返し教えてはいたけれど、その種のありえない極論をペラペラと口にするには狂信家でなくちゃならない、というのも、本当のことを言えば、酒を飲みながら〝ツケ払いお断り〟の入り口でのんびり座っているときには、自分が見ている地球が丸いかもしれないことも、まるで紙飛行機みたいにただクルクルと自転しながら太陽の周りを回って楽しんでいるかもしれないこともわからないからな、地球がいつ自転しているのか、いつ太陽の周りを回っているのか、はっきりと示してもらいたいもんだよ、現実的でなくちゃいけない、そこらへんの火打ち石か大雑把に削られた石で髭を剃るような思想家たちの言葉に丸め込まれちゃいけない、現代の思想家なら研磨された石を使うはずだ、実際に注意深く分析したところ、おおよそ思想家というのはかつて大きくふたつのタイプに分けられていた、一方には浴槽の中で屁をして「見つけた、見つけた」と何度も叫ぶタイプの思想家がいたが、何を見つけたかなんて俺たちにはどうでもいいし、その発見は自分の胸に留めておけばいいんだよ、俺は哀れな母の命を奪ったチヌカ川に何度も潜らなくちゃならなかったけど、濁ったその水中に特別なものは見つけられなかった、チヌカ川に沈んだ遺体のすべてが、水中から水面へのあの有名な垂直の浮力を受けられたわけじゃないってことだ、だからトロワ＝サン地区のクソみたいな連中はみな水底に沈んだままなんだ、どうやったらそいつらがアルキクソメデスの浮力の原理をまぬがれたのか説明してもらいたいよ、狂信家の二番目のタイプはただの暇人、本当の怠け者だ、彼らはいつも近くのリンゴの木の下に座って、引力とか重力とかの話のために頭にリンゴが落ちてくるのを待っている、俺はそうした固定観念には反対だ、地球は〝ツケ払いお断り〟の前を通る独立大通りのように真っ平なのであって、それ以上何も言うことはない、地球というのは、悲しいかな、動かないものだ、太陽のほうが俺たちの周りを興奮して回っている、俺自身、太陽がお気に入りのバーの屋根の上を移動しているのを見ているからわかる、立ったまま寝てしまいそうなありそうもない話はしないでもらいたい、地球が自転しているとか、太陽の周りを回っているとか俺に説明する奴は誰であれ、その場ですぐに首を切ってやるよ、そいつが「**それでも地球は回る**」なんて叫んだとしてもねさて、たとえばムイエケについてまだ話していないというのは変だろう、この男はバーによく来ていたがもう来なくなった、その理由を理解するのは簡単だろうが、この男のことはどうしても話しておきたい、たとえ〝ツケ払いお断り〟を稲妻のように通り過ぎた男であっても、このノートから彼を外すなんてできない、俺は彼のような人物が好きだ、通り過ぎるのもほとんど気づかないような人物、まるで端役やシルエット、束の間の影みたいな人物が、ヒッチコックとかいう男にも少しそんなところがある、彼は自分自身の映画にほんの少しだけ登場するが、普通の観客なら気づくことさえない、ただし隣に映画通の客がいれば話は別だ、そういう奴なら耳元で「おいバカ野郎、画面の端っこをよく見てみろよ、一番左だよ、ほら、小太りの男がいるだろ、他の人物の後ろを横切る二重アゴの男、あれはヒッチコック本人だ」とささやいてくれるだろう、だが、ムイエケは天才ヒッチコックのような度量も力もない、やはり比較するにはそれなりの人物じゃなきゃいけない、ヒッチコックは掛け値なしの著名人で、才能に恵まれ、鳥とか裏窓とかだけで人を震え上がらせられる人物だし、取るに足らない彼らしいトリックで人をサイコにできる人物だ、だがムイエケの話は震え上がらせるというよりも笑わせる、彼に対する同情はない、俺は才能のない詐欺師や個性のない人間が耐えられないんだ、このムイエケという男は、当人が言うには呪物やお守りのおかげで自由の身になったらしい、呪物ということからもわかるように、雨をやませたり、猛烈な太陽の暑さを鎮めたり、収穫の季節を予想したり、他人の考えを読んだりできるし、「ラザロよ、目を覚まし歩きなさい」と冷たくなった不幸な死体に荘厳に語りかけたキリストのように、死んだ魂をよみがえらせたりもできる、そんな偉大な魔術師の家系の末裔だと自分では言っていた、まあ、ラザロの復活に関しては、不幸な死体となったこの男がキリストと、とりわけ神を畏怖していたことは言っておかないといけないだろう、神は太古の昔から俺たちが罪を重ねるのを眺めるため積乱雲のあいだに隠れていらっしゃるが、同時に、奇跡を使って罪を犯さないよう手助けしてくださることもある、ともあれ、我らが神は天上に隠れ、この世界のもっとも卑俗な事柄を見ては、最後の審判に備えてそれを自分のノートに詳細に書き記しているんだ、キリストが天上に隠れた父なる神の名において語ったとき、あの哀れなラザロの死体はすぐさま飛び起きた、そして、普通なら通れないはずだが、少しのあいだ死んでいたときに足を踏み入れかけた主《しゅ》イエス・キリストの道が目の前に開けているのを見て、たちまち恐怖で小刻みに震えたんだ、彼はマリオネットのようにその道を歩いた、ムイエケがあちこちで言い回っていたことだが、彼に言わせれば、キリストの奇跡なんて、自分が瞬《まばた》きするあいだにできることと比べるとたいしたことはないそうだ、彼は猫の小便をソヴィンコ[*1]の赤ワインに変えられるという、彼ならやるだろう、足を切断された男たちに足を取り戻すこともできる、彼ならやるだろう、それから彼はこうも言った、人々を驚かせてきたキリストの行いは誰にも検証できない、俺たちは何世紀ものあいだ騙されてきたのであり、子どもみたいに丸め込まれてきた

＊1　ソヴィンコ（Sovinco）は「Société des vins du Congo（コンゴワイン組合）」の略。

のだと、キリストが行った奇跡はいまなお議論の余地があって、信者のあいだですら意見の一致をみていないらしい、なおもムイエケが言うには、キリストの奇跡は慎重に検討すべきだが、自分が起こした奇跡のほうは検証可能で、聖書の時代にまで遡る必要はない、あの時代、人間たちは粗末な石板しか持っておらず、いつものように積乱雲のあいだに隠れた神がかろうじてささやいた十の戒め《いましめ》を刻んだんだ、もっともこの神の十戒などいまでは誰も気に留めてはいない、セックスがどこでも簡単に買えるこんな世界なら、貞節がもはや意味をなさない世界なら、信仰をもたない人間の淫行を修道士が羨むような世界なら、羨望や嫉みばかりの世界なら、聖書に「**汝殺すなかれ**」としっかり書かれているのに電気椅子で人が殺されるような世界なら、神の十戒をしっかり守り続けて人生を送るよりも、それを踏みにじることのほうに興奮を覚えてしまう、ムイエケはそんなふうに自分の考えを述べた、彼はいつもエルサレム聖書を辛辣な言葉で批判していて、神と神に仕える中佐たちには決して甘い顔をしないんだ、ある日、ムイエケはこう言った、「親愛なるニグロの友人たち、兄弟たちよ、聖書に出てくる天使はみな白人かその類いなのはいったいどういうことなんだ、最初から勝負が決まっていることを言い訳にして、つまり、全能の神が肌の色を間違えたことを言い訳にして自分たちの状況を変えようとしない地球上のすべてのニグロたちをやさしくなぐさめてやるために、ひとりかふたりでもニグロの天使を登場させることはできたはずだろ、ところが聖書の中に黒い天使は登場しない、登場するにしてもいつも二篇の悪魔の詩のあいだをぶらついているだけで、必ず悪魔だったり、目立たない人物だったする、キリストの使徒の中にも黒人はいない、それっておかしなことじゃないか、聖書のエピソードで重要な役を演じられる黒人がいないなんてどうやっても信じられないよ、だから、俺は哀れな白人たちの考えが理解できるし奴らを許してやれるんだ、奴らが現世の日常生活でニグロに靴磨きの役割を与えているのは間違いではない、天上の世界ではニグロは存在すらしていないのだからな」、ムイエケはそんなことを語った、呪物師のわりには、俺が考える現代的な問題や丸メガネにネクタイのインテリ連中の議論にとてもよく通じている、俺はそう感じた、しかし、彼が獄中で長い時間を過ごすことになったのはその思想が原因ではなく、たび重なる詐欺が原因だったんだ、獄中で過ごしたのち、彼は〝ツケ払いお断り〟に来てワインボトルを前に泣き言を言うようになった、かわいそうな男だ、容姿は醜く、筋肉質で、目は血走っている、ひどく不潔なその姿を見ると、靴屋こそもっともひどい靴を履いているという諺は本当だと思える、というのも、呪物師なのだから自分のお守りに頼んで、《印刷屋》のようなイヴ・サンローランのスーツじゃなくても、オーダーメイドのスーツを手に入れることだってできたはずだし、優雅な生活を送るカジミールが履いていたような光沢のある靴をお願いすることだってできたはずだ、だが実際には、ムイエケは正直者に詐欺を働いたんだ、お人よしな連中はムイエケに莫大な金を預けてしまった、裁判の日、軽犯罪裁判所の年老いた担当判事はこう尋ねてムイエケを追い詰めた、「さて、石清水のように明瞭な事件について堂々巡りをするつもりはありません、被害者たちはあなたにいくら払ったのか言ってください、ムイエケ」、被告は次のように答えた、「私は地元のしがない呪物師などではありません、人々はたくさんのお金を私に渡しました、本当に多額のお金を、判事殿、私はそれだけの報酬を受けるに値したわけです、すべての呪物師が私のように多額の報酬を支払われるわけではありません」、判事は応答した、「『多額のお金』というのはどういう意味ですか、もっと正確な金額を教えてください、ここは人を小バカにする場所ではありません、おわかりでしょうか、私とこの小さなゲームをしている以上、あなたをすぐに牢獄に入れることだってできるんですよ、わかりますか、ねえ」、「はい、判事殿、わかります」、「それなら私の質問には単刀直入にお答えください、その正直者の被害者たちはあなたにいくら渡したのですか」、すると被告はもごもごと答えた、「一回の相談で百万ＣＦＡ《セーファー》フラン＊1以上です、判事殿」、裁判官は黙ったまま、まるでその莫大な金額がどのくらいかを心の中で計算しているようだった、疑り深いこの判事は荒々しい口調で続けた、「ではあなたは、彼らのために具体的に何をしなくてはならなかったのですか、百万ＣＦＡフランなんて誰もがもらえる金額じゃありませんよ」、「判事殿、私は彼らを助けなくてはなりませんでした、彼らの商売がうまくいくために呪物を作り、彼らの生活をもっとよくしてあげなくてはならなかったのです、この国に人々を幸せにできる人間がどれだけいるでしょうか、悲しいかな、私だけです」、判事はあやうく嘲笑しかけた、それからこう言った、「あなたは彼らを助けたのですね、私を誰だと思っているのでしょう、あなたはお金持ちになるためになぜ自分に呪物を作らなかったのですか、自分の姿をご覧なさい、トロワ＝サン地区のゴミ箱

＊1　ＣＦＡフランは旧フランス領西アフリカおよびフランス領赤道アフリカで用いられる共同通貨。

で犬と一緒に暮らしているみたいですよ」、するとムイエケは、詐欺師だけができる真剣な振りをしながら、こう言った、「判事殿、呪物は他人を助けるためのものです、私の祖先が作り、遺産として遺してくれました」、「ええ、しかし正しい慈愛は自分自身からはじまると言います、もし私があなたなら自分自身の人生をよりよくすることからはじめるでしょう、あなたの人生は成功とは言いがたいです」、ムイエケはじっくり考え込んで答えた、「自分を手術する医者にお目にかかったことはありますか、判事殿、呪物師も同じです、自分のために呪物を作ることはできません、効き目がないのです」、「ではあなたのご家族のために呪物を作ればいい、そうすれば少なくとも家族が豊かになり、その恩恵に与れるはずです」、裁判の傍聴席からは笑い声が上がったが、判事は続けた、「誰であれ誰かをお金持ちにするとおっしゃいましたね、ムイエケさん」、「はい、そのように言いました、判事殿、もしあなたが私のところに相談にいらっしゃるなら、あなたをとても裕福にしてさしあげますよ、あなたは五分三十秒もかからないうちに、この国のすべての判事のトップになれます、約束します、もう書類など読む必要はなく、夜明けの光で真実がわかるようになります、それから私のような無実の人間を有罪にするのではなく、より的確に有罪判決を下せるようになるでしょう」、「人にはそれぞれ自分の仕事があります、公正無私な判事になるのにあなたの助けは必要ありません、そのことをすぐにあなたにお示ししましょう、というのも、あなたのような詐欺師をこそ私は豚箱に送るからです、そこでネズミたちと古代哲学について議論でもしていればよろしい、あなたの場合には審議すら求めるつもりはありません、私がひとりで判決を下します、私が法ですから」、傍聴席の笑いが大きすぎたため判事は退室を命じそうになった、それから法服を身にまとったその老判事は額の汗を拭い、一本調子で即時の判決文を読み上げた、ムイエケには六か月の懲役、四百万CFAフランの罰金、五年間の市民権剝奪を科す、傍聴席から拍手が起こった、判事は立ち上がり、警察にこう告げた、「この詐欺師を連れて行きなさい、お仲間のネズミたちが待っている」、六か月の懲役を終えたのち、彼はこのバーに通いはじめた、あまり多くを語らず、誰とも会話をしていなかったが、俺たちはみな、彼が有名な詐欺師にして魔術師で、裁判官を五分三十秒で金持ちにしようとしたことを知っていた、俺がムイエケのことを話しておきたいと思ったのは、俺自身もまた自分の人生でひとりの魔術師と対峙しなくてはならなかったからだ、その魔術師の名は《間違いゼロ》、まあいい、いまはそのことについて語るときじゃないと思う、しかるべきときがきたらまた話そう、俺にはまだ他に書くことがあり、今朝のうちにそれが思い出せなくなるほうが怖いからな

数日前、ひと息つけようと思って俺は〝ツケ払いお断り〟を出た、しばしのあいだ書くことも、ノートを読み返すこともしないでおこうと思った、レックス地区へと向かい、まだ尻から汚物を垂らすボロ雑巾になる前の《パンパース男》が愛した花咲く乙女たちのかげで[*1]、ぶらぶらと散歩した、久しぶりに自分にご褒美をあげたくなったんだ、あの娘たちと気持ちよくヤッたら少しはカチコチの自分がほぐれるんじゃないか、そんなことを考えていたんだと思う、だが俺を受け入れてくれ、みこすり半でチョロっとイクような俺を欲しがる花咲く乙女はひとりもいなかった、彼女たちは口を揃えて俺にこう言ったんだ、「あんたは年寄りす

＊1　「花咲く乙女たちのかげで」は、フランスの作家マルセル・プルースト（一八七一―一九二二）の長篇小説『失われた時を求めて』（一九一三―一九二七）の第二篇のタイトル。『失われた時を求めて』では、「花咲く乙女たち」は語り手がノルマンディーの避暑地で出会ったブルジョワの娘たちを指す。

ぎるよ、もう勃たないだろうし、時間の無駄さ、他のところに行ったほうがいい、ポルノ映画でも見てるか、老人ホームに行きなよ、あんたは酔いどれ船、悪臭がするし、通りでひとりでしゃべってる、髭も剃っていないし、シャワーも浴びていない、自分で立ってることもできないんだよ」、俺はこう答えた、「そんなのどうでもいい」、六十四歳だけど、華々しい戦歴を持ちながら老いてレースから引退した種馬くらいには勃起できる、老いた恐竜だからと甘く見てジュラシック・パークに送り返すような真似はするもんじゃない、そんなこともわからないなんて恐ろしいことだ、誰が言ったかはわからないが、年とったライオンをロバに蹴らせてはいけない、とはいえ娘たちはわからせてくれた、俺がもう終わった人間だってことを、たとえ時間の問題じゃないとわかっても俺はすでに時間切れなんだってことを、波間に浮かぶ敷石のように自分がちっぽけな存在に感じられた、しかし、ポケットの中には通りで恵んでもらったばかりの現金があり、即金でショートタイムの料金を払うことは可能だった、果たしてあの娘たちが求めているのは金なのか若い美男子なのか、彼女たち自身はどちらかわかっているはずだ、でなけりゃこの腐った世界は救いようがない、つまり売春はもうひと昔前とは違うということだ、いまや娘たちに客を選ぶ権利があるんだ、そのうちイギリスのスターリング・ポンドかスイス・フランで支払えなんて言ってくるだろう、昔は楽しもうと思ったら、モロッコで製造された頭のないサーディン缶ひとつですばらしい一夜を過ごすことができた、そんな福祉国家時代はもう終わったということだ、いまや見た目がすべて、人は見かけによる時代、だから娼婦に会うにもラザロの香水を振って、フランチェスコ・スマルトのスーツにアラン・フィガレのドレスシャツを身につけていなくちゃいけない、ひとつの時代が本当に終わったんだ、俺のレックス地区への巡礼の日はそんな感じだった、絨毯の売人のように娘たちから追い返されたものだから、俺は自尊心をぐっと抑え、「どうでもいい」と思いながら、武器よさらば、と娘たちのもとを去った、それからレックス地区を引き続き散歩した、町全体が停電だったので、目の前が真っ暗で何も見えなかった、自分を追い越していく車も一台もなかった、そのとき、偶然にも、同じ地区の汚れた路地のひとつ、パパ・ボヌール通りで、松明《たいまつ》の光がゆらめいているのを目にした、誰かが大通りの向こうから俺に合図をしていたんだ、近づいてみると、年金生活者と言っていい年齢の、それどころか棺桶に片足を突っ込んでいるような娼婦だということがわかった、俺はどうしようかためらった、このゲームにそれだけの価値があるのか自問したんだ、だが少し興味をもった俺は立ち止まり、とっさにこう言った、「ショートタイムでいくらだ」、皺《しわ》くちゃの顔をした老いぼれ女は憐れむように俺をまじまじと見てからこう答えた、「このあたりの相場を知らないなんてどこの人間だい、ねえ、ショートタイムの値段はいつも通り変わらないよ、誰もが苦しいご時世だからね」、俺は困惑した、ショートタイムの相場を本当に知らなかったからだ、それで詰まりながらこう言った、「あのお、本当のことを言えば、このあたりによく来ているわけではないんだ、来るとしても時間潰しのため、つまり誰かの付き添いさ、桃尻にはもう百七年以上もお目にかかっていないよ」、女は憐れむように俺の全身を眺めた、「かわいそうなご老人、瀕死の状態で私の上に倒れ込まなけりゃいいけど」、彼女はそう言っててついてくるよう合図し、住宅街の果てまで悪臭を放つ曲がりくねった路地を下った、俺は絶望した影のようにそのあとをついていった、彼女はダメだとは言わなかったので、俺を受け入れたということだ、つまり俺の気分、満足度、相場で支払いができるということになる、俺たちは何も見えない暗闇の中をおよそ十分ほど歩いた、この女はポン引きや共謀者とグルになって俺を陥れようとしているのでは、とふと思ったが、草の生い茂った土地に到着してから彼女はこう言った、「するのはここでだよ」、「ここはあんたの家じゃないのか」と尋ねると、彼女は「そんなの余計なお世話だよ、ヤるために来たのか、それとも私の生活を知るために来たのか、どっちだい」と言い放った、それから彼女はその土地の一画に建てられた古めかしい小屋の扉を開けた、すると固い絆で結ばれた黒猫の家族が俺たちに向けて逆さ言葉でミャーミャーと侮辱の鳴き声を吐き散らしながら逃げ出した、俺は思った、「**こんなうらぶれた場所なら、喉をかき切られそうになって叫び声を上げても誰も気づかないだろう、周辺には隣人すらいない、なんてこった、クソみたいな場所に来ちまった**」、老いぼれ女はその古めかしい小屋の中に姿を消し、ランタンに火をつけて俺を呼んだ、「来るのか来ないのか、どっちなのさ、私にできるのはアレだけだよ」、そんなふうに彼女は言ったんだ、それから俺もためらいを隠しながら古めかしい小屋に入っていった、ためらいというよりも募る不安と言ったほうがいい、老いぼれ女は部屋の反対側にハンドバッグを置き、咳払いをしてから、マットレスの上に寝そべった、そのマットレスからはリアカーで荷物を運ぶ配達員の脇汗のにおいと、腐ったキノコのにおいがした、彼女はドイツ占領下時代のスカートを捲し上げ、入れ歯をギシギシさせながらこう言った、「私はアリスって呼ばれてるんだ、不思議の国に行きたいなら、まだ母乳を飲んでるようなあの小娘たちじゃなくて、私のところに来なくちゃ、さあ、そばにおいでよ」、だが俺はもう欲情していなかった、走って外に出たかった、本当にその場から立ち去りたかったんだ、それから俺は自分の態度が彼女の機嫌を損ねるかもしれない、もしかしたら俺は彼女にとってその日唯一の客かもしれないと思った、邪悪な妖精カラボス*1のような顔立ちをしているのだから客が殺到するはずもない、反対に、頭の三分の一しか隠れていない鬘《かつら》、やりすぎの化粧、老婆のにおい、吸血鬼のように口から出た入れ歯、そんなものに気づいたら客は他の娼婦のところに行くに違いない、俺はその古めかしい小屋を出たかった、吐き気を催すほどの悪臭のせいでまったくその気は失せちまっていた、だが、老いていようといまいと、決して娼婦を侮辱してはならない、そんなことをしたらいずれ自分の身に返ってくる、娼婦たちだって俺たちと同じ人間だということを何よりも考えなくちゃいけない、彼女たちにも誇りや尊厳がある、侮辱などされたら

＊1　ロシアの作曲家ピョートル・チャイコフスキー（一八四〇－一八九三）が作曲したバレエ『眠れる森の美女』に登場する妖精。

何をしでかすかはわからない、きっと夜叉のごとく怒り狂うだろう、娼婦には脳みそがなく、商売道具でものを考えると思っている人間がまだいるが、それは間違いだ、娼婦ほど狡猾《こうかつ》な人間はいない、だから俺はその古めかしい小屋を離れることなく、老アリスの横に寝そべった、彼女からは死体の腐敗を遅らせるため通夜のときに使われる白粉《おしろい》のにおいがした、彼女の首の血管はハイエナがその根元に小便をする樹齢数百年の老木の葉脈のようだった、両足は痩せ細って曲がっていた、「気分はどうだい、ダーリン」と彼女は言ったが、俺は答えなかった、どの客にもそう言ってるに違いなかった、本当にときどきでも彼女に客がいたならの話だが、痩せ細って曲がった足のアリスは俺がベルト代わりに使っていた細いひもを外し、それから穿き古した俺のズボンのボタンを外した、そして、歪んだ指の手を中に入れてきて、縮こまってしまった俺のモノを触った、「私に任せて、ダーリン、あんたのモノは二十歳のときみたいに大きくなるよ、私は慣れてるんだから、信じて」、彼女は若い娼婦だった頃の記憶をよみがえらせようとしていた、彼女の手は自殺しそうな物乞いですら正気を失わせられるほどの力をまだ備えていた、だがその動きには生気がなく、海の船乗りたちがお遊びで捕まえたアホウドリのようだった、老いぼれ女は愛撫するというよりもこねくり回していた、それでとくに何も起こらないので彼女は池にいる蚊のようにいらだった、俺はますます気まずくなり、最後にヴィーナスの山を登ったときのことを想像しようとした、しかしその思い出はあまりに曇っていて、記憶にのぼったのはいくつかの晴れ間でしかなかった、そんなので突然動かなくなったモノをふたたび元気にすることなんてできなかった、すると老いぼれ女はひどく気分を害して立ち上がり、脱いでいたパーム油のにおいのする鬘とドイツ占領下時代のスカートを身につけ、ハンドバッグを手に取ってこう言った、「あんたとは時間の無駄だよ、バカ野郎、この老いぼれ」、俺も立ち上がり、一万ＣＦＡフラン紙幣を二枚渡した、すると彼女はこう言った、「金なんて引っ込めな、バカ、私が受けた侮辱は二万ＣＦＡフランなんかじゃ釣り合わないよ」、それからアリスは俺を外へ追い出した

昨日のことだ、朝の四時、俺はチヌカ川沿いを歩いていた、川の水は濁っていて音を立てず流れていた、川沿いの住人たちがあちこちに捨てた家畜の骨を俺は数えていた、長いあいだ、俺はひとりでしゃべっていた、人からは頭のおかしい人間、あちこちに風車小屋を見て、勇壮に対峙し、風車たちに戦いを挑むようなイカれた人間*1だと思われていた、「どうでもいい」、俺はそう思った、そして自分に向けて話し続けた、灰が浮かび上がってくるように、いくつかの思い出がよみがえってきた、それからこう言った、俺はこの川をとても恨んでいる、この川は死のラグーンだ、俺の不幸、怒り、いらだちはすべてこの川のせいだ、この川に

＊1　スペインの作家ミゲル・デ・セルバンテス（一五四七―一六一六）の代表作『ドン・キホーテ』（一六〇五―一六一五）に出てくる有名なエピソード。騎士道本に強く影響され、みずからを騎士ドン・キホーテだと思い込む主人公は風車を巨人と信じて突撃した。

復讐したい、ある日、音も立てずに飲み込んだ母の魂を返してくれ、ただ、いまはそのことについては話したくない、もう少しあとにしよう、泣きたくはないからな、犬の時期、犬の季節だったので、奴らはそこらで交尾していた、俺は石を拾って投げつけたんだ、犬たちは大声で吠えて不満を表現した、惨めな奴、ろくでなし、悪党、哀れな二足動物など、俺にあらゆる罵詈雑言を投げかけながら逃げていった、俺は言った、「どうでもいい、俺にはお前ら犬の言葉はわからない、お前らはただ怒って吠えてればいいのさ、俺は何とも思わない」、それから俺は空腹の道を歩き続けたが、ふと座りたくなった、それで、ひざまずいて鳴くガゼルみたいに足を曲げて座った、本当は空腹でめまいがしたんだ、腹の中で玉が動いているみたいだった、俺は固まったワインを吐き出しはじめた、そして「どうでもいい」と言った、そのまま俺はマンゴーの木の根元にクソをした、その木に何かされたわけじゃなかったがね、するとそのとき、通りがかった川沿いの住人のひとりが俺に言ったんだ、「クソ野郎、老いぼれのクソじじい、公共の場を汚すな、お前の年齢で木の根元にクソをするなんて、恥ずかしくないのか」、俺は大声で言った、「どうでもいい、老いぼれの雪男がお前をうんざりさせてやるよ」、するとその住人は怒り狂ってこう言った、「私にそんな口を聞いているのか、酔っぱらい野郎、死ねよ、バカ」、俺はまた大声で怒鳴った、「どうでもいい、お前が先に死ね、この地区の墓地はお前みたいな若いバカ野郎でいっぱいだ」、するとその住人は俺を脅してきた、「自分のしたクソを拾えよ、さもないとお前を川に突き落とすぞ」、男は口にしたことを実行するつもりだったが、俺はマンゴーの木にしたクソのせいでバカみたいに川で溺れるのはいやだった、自分自身のクソなわけだし、結局俺は拾い集めることにした、その住人は言った、「何をしてるんだ、老いぼれ、まさか素手で自分のクソを集めるつもりじゃないだろうな、木の枝を使ってもできるだろ、なんてこった」、俺は聞いていなかった、自分のしたクソを集めるのに吐き気を催すことなんてない、耐えられないのは他人のクソだ、だから俺は自分のクソに手を突っ込んだ、住人の男は吐いて、それからその場を去った、スカトロの光景が耐えられなかったからだ、俺は笑い出した、笑いが止まらなかったさまよったのち、俺は午前五時くらいに〝ツケ払いお断り〟に到着した、頭の中にはまだアリスの痩せ細って曲がった足が残っていた、彼女の古めかしい小屋のことを思い出した、それから自分のしたクソを木の枝を使わず素手で拾い集めたことも、そんなことをしたせいで、ここに到着した午前五時には、俺からはまだクソのにおいがしていた、スツールに座ってうたた寝をしたが、コーヒーのにおいで目が覚めた、そこへデンガキがコーヒーを勧めてくれた、バーの主人からです、と彼は言った、俺は上の階に目をやった、《頑固なカタツムリ》の部屋にはまだ灯りがついていた、俺はコーヒーを飲んだ、このバーではコーヒーなんて出さない、主人は上の階で自分でこのコーヒーを淹れてくれたに違いなかった、俺は赤ワインの栓を開けた、別の日がはじまろうとしていたが、いつもとは違う特別な日だと思った午後一時か二時、永遠に面倒な奴、《印刷屋》が〝ツケ払いお断り〞にやってきた、なぜか俺は彼のことを面倒な奴と呼んでいる、それまでは好印象を抱いていたのにな、しかし意見を変えないのはバカだけだ、《印刷屋》はコート・ソヴァージュのあたりを散歩してきたらしい、まるでセネガルから為替を受け取った人間のようにすごく満足気で興奮していた、そんなに元気な彼の姿を見たことはなかった、いったいどうしたのか、ああわかった、それでか、なぜ彼がそんなに元気そうなのか理由がわかった、そうか、そういうことか、彼は『パリ・マッチ』を手にしていた、それを自慢して、見せびらかしたいんだ、両足はもはやうわついて地についていない、彼はあるフランス人の芸術家カップルに起こった事件をそこにいる人たちに説明しようとしていた、そのカップルは有名人らしく、その記事は雑誌にはっきりと書かれていると彼は言った、この芸術家カップルは歌姫《ディーヴァ》の胸や尻を撮ろうとカメラを手に植え込みに隠れているような奴らにつきまとわれていた、人々はまるで《パンパース男》の妻と姦淫した教祖の話を聞くように《印刷屋》の話に耳を傾けている、《印刷屋》のほうは、話せば長くなるといった具合でふたたび自分のフランス話をしはじめた、自分が「フランス行き」をしたこと、いまでは落ちぶれて、影たちに支配されているがそれは白人のセリーヌのせいだということ、自分はまったく狂ってなんかいないこと、セリーヌがアンティル人の息子と寝ていたこと、彼はすべてを語った、人々は彼のことを憐れんで見ていた、それからある男が彼にきっぱりと言った、白人じゃなくてフランスにいるアフリカ人の女と結婚すべきだったんだよ、そうすれば物事は簡単に済んだだろうし、ここ祖国でルワンダの鉈《マチェーテ》を使って問題は解決していたはずだ、しかし《印刷屋》は、フランスにいるアフリカ人の女たちは簡単には寝てくれず、高慢で、彼女たちのわがままは耐えがたい、あいつらは自分がクソだということをわかってなくて、自分の言うことは何でも聞いてもらえると思ってる、と答えた、《印刷屋》はさらに続けた、彼女らは物質主義者で、男たちの車、家、銀行口座、パリ証券取引所の保有株をチェックしている、あいつらのバカげたヘアスタイルのために途方もない金額を払わなくちゃいけないし、パリ十六区の女中部屋の家賃を払ってやらなくちゃならない、たとえ狭い地下室で暮らさなくちゃいけないとしてもあのわがまま女たちが興味あるのは十六区だからだ、何もかもすべてこっちが払わなくちゃいけないんだ、だから彼女たちは町をぶらつき、定職につかず、見栄ばかり張って老いていき、自分たちの三倍の年齢の白人の老人を相手にし、売春に手を出す奴も出てくるのさ、だって自分の脳みそを使って考えるよりも、自分の体を商品にするほうが簡単だからな、話を聞いていた連中は笑いだした、《印刷屋》は自分が聴衆を沸かせていることが嬉しかった、「俺は人種差別主義者では決してないからな」、彼は念押しした、それからもっとも好ましくない偏見を並べたてながら、パリの黒人女たちのことをさらにこき下ろし、あらゆる罵詈雑言を吐いた、いわく、コンゴの女については語る価値すらないが、彼女たちはすぐに言いなりになり、自分たちを知的だと思って振る舞う、カメルーンの女は実利的で私利私欲のかたまりなので「金食《カネクイ》ルーン人」なんて呼ばれている、ナイジェリアの女は、なんてことだろう、サン＝ドニ通り[*1]で立ちんぼする場所をめぐって喧嘩ばかりしている、ガボンの女は、これはまたまったく別の話で、毛じらみのように醜い、コートジボワールの女は、信じられないことに尻軽で、ケツばかり振っている、〝ツケ払いお断り〟の客はみなずっと爆笑している、《印刷屋》はそれでも自分の居場所は俺たちのこのバーにはないということを強調した、聴衆たちはさらに興味をもって《印刷屋》の話に耳を傾け、うなずき、『パリ・マッチ』を回した、《印刷屋》は、自分が職場でひとつの班を、それも本物の白人たち、この国で見かけるキャッサバを食べてベナン粥《がゆ》を飲む白人じゃなくフランスの白人たちのいる班を指揮していたことを話し、この『パリ・マッチ』を印刷していたのは自分たちだったと告げた、俺は思った、この男は本当のアホだ、話題を変えてくれと

ギャラリーを楽しませたあとで、《印刷屋》は俺のほうへやってきて、こう言

＊1　街娼で有名だったパリの通り。

った、「あんたに言ったかもしれないが、あんたクソのにおいがするよ、遠くからでもわかる、クソを漏らしたのか、なあ、シャワーを浴びたほうがいいぞ、ハエがたかってる」、俺は答えなかった、マンゴーの木の下で自分がしたクソを拾い集めるよう言われたなんて、とてもじゃないけど言えなかった、《印刷屋》は続けた、「まあ、あんたのクソなんてどうでもいいけど、俺が言いたいのは、いま『パリ・マッチ』の最新号を持っているってことさ、今朝、コート・ソヴァージュのほうへ行ったときに買ったんだ、ほら、ちょっと目を通してみな、中には女の尻が載ってるぞ、無料でね」、俺は丁重に雑誌を受け取り、パラパラとめくってみた、そこである男の記事を見つけた、男の名はジョゼフ、ニグロの画家で病気のために痩せていた、目を閉じ、からし色のシャツを着て、病院の一室に座っており、傍らには自分の絵と画材が置いてある、この男が病魔に蝕まれているのはひと目でわかる、枕元にはピカソについての本があり、その上に彼は絵筆を置いていた、その記事でわかったのは、誰もこのニグロの画家の本名を、また身元すら知らないということ、そして、彼がパリの町角で活動する画家で、マレと呼ばれる地区で暮らしていたということだ、だが数行あとの文章で、彼が癌で亡くなったばかりだと知り、動揺した、さらに詳細な報告によれば、彼はサン＝タントワーヌ病院の呼吸器科に二か月入院していて、化学療法を定期的に受けながら生きていたようだ、ホームレスだったので、街路で寝ており、ウィスキーを何本も飲み、たばこを何箱も吸っていた、見た目が少し似ているからか俺はこの男に対して愛着を覚えた、『パリ・マッチ』のペピタ・デュポンという女性ジャーナリストは、このニグロのヴァン・ゴッホが亡くなる八日前にインタビューをしていたんだ、そこで俺はこのニグロが本物の歩く図書館であることを知った、彼はアルチュール・ランボー、バンジャマン・コンスタン、ボードレール、そしてとりわけシャトーブリアンと彼の『墓の彼方の回想』を読んでいた、彼はまるで書物のようにしゃべり、しかるべきときに適切な言い回しを使い、その女性ジャーナリストを驚かせた、彼はまた著名な画家についても語っていたが、絵について無知な俺はその画家たちの名を知らなかった、彼が口にしたのはウィリアム・ブレイク、フランシス・ベーコン、ロバート・ラウシェンバーグ、ジェームズ・アンソールなどで他にもまだいた、ジャーナリストによれば、このニグロの画家はまったく無名のまま死んでいたかもしれないが、偶然、彼のことを見つけ、友人関係になった人物がいたという、画家を救ったのはひとりの弁護士だった、彼はジョゼフが自分の絵画を抱えて街路の一角で寝ているのを見つけた、そこは弁護士が引っ越してきた建物の前で、ニグロのヴァン・ゴッホはそこで夜を過ごすため横になっていたという、自分が描いた傑作の上で寝ていたこの男に弁護士はつまずきそうになった、それからふたりは会話をし、弁護士はその独創的な芸術の虜になった、彼はまじまじと絵画を眺め、それから何枚かを購入した、こうして弁護士はニグロのヴァン・ゴッホと大親友になったんだ、彼らは毎日会話をした、弁護士はこの独創的な芸術が誰にも気づかれていないことに驚きを覚えた、だが彼は、本物の芸術はいつも無関心にさらされるもので、天才はたいてい同時代人の無知の犠牲に、そしてバカ者たちの悪魔祓いの犠牲になるものだということを知っていた、弁護士は呪われた芸術家と呼ばれる人物に向き合って、彼を救いたい、彼を表舞台へと引っ張り出し、パリ全体に、とても閉鎖的で時代遅れの芸術界に、彼の名を知らしめたいと思った、弁護士はジャン・デュビュッフェ財団で働く善良な男にこの画家を紹介した、このときもまた、デュビュッフェ財団の男が彼の芸術の虜になり、このニグロのヴァン・ゴッホには間違いなく才能があると言った、弁護士とデュビュッフェ財団の善良な男はジョゼフの人生を夢のような物語にしたがったが、残念なことにジョゼフは早くにこの世を去ってしまった、彼はピカソやラウシェンバーグやその他の著名な巨匠たちのように、自分の芸術を実践しようとしていた、偉大な芸術家のもとには死後に栄光が訪れることはよく知られている、生きているうちにあくせく仕事をして輝かしい成功を手に入れたとしても無駄なことだ、それは成功でしかなく栄光ではない、成功とは流れ星で、栄光とは太陽だ、太陽はここで沈んでも、ここではない場所で昇り、ここではない場所を照らし、栄光の光をあちこちに放つ、本物のヴァン・ゴッホも生前は一枚の絵画しか売れなかったようだ、『パリ・マッチ』によれば、ジョゼフが死んで以来、彼の評価は日毎に上がり、世界中のコレクターたちが電話をしてきて、彼がボール紙に描いた絵を何とか入手しようとしているらしい、彼は『モンテ・クリスト伯』の一節をいつも自分の絵のどこかに書き込んでいるという、どうやらこのニグロのヴァン・ゴッホはアレクサンドル・デュマのこの本をまるまる暗記していたようだ、ジョゼフはシャトーブリアンのことを桁違いの作家だと言い、次のように続けた、「**彼は鞭で書いている、読者を激しく殴りつけ**

るような文章だ、俺は『アタラ』を貪るように読んだんだ、あとになってシャトーブリアンの父親が奴隷商人だということを知ったときには涙を流したよ、彼は『墓の彼方の回想』でそのことに触れなかった」、『パリ・マッチ』のその記事を読みながら、俺がもっとも感動したのは、彼がやがて自分の命を奪うことになる病気に対してまっすぐに見せた勇気だ、彼は実際にこう言っていた、「**病気は俺の時間を奪っていく、だが絵のおかげで俺は救われた、筆を手に取ればこのクソッたれの癌を追い払えるんだ**」、ニグロのヴァン・ゴッホことジョゼフについてのこの感動的な記事を読み終わろうとしていると、《印刷屋》は俺の体を揺すり、脅し文句を言いながら、俺の手から雑誌を奪おうとした、「クソッ、《割れたグラス》、急げよ、なんで死んだ奴の記事なんかぐずぐず読んでるんだ、その男は何の価値もないだろ、俺は写真すら見たくないよ、そいつは文無し、ゴミだ、さあ、ページをめくんな」、俺は何ページか飛ばした、すると彼は叫び声を上げた、「ゆっくりよく見ろよ、いま飛ばしたページに女の尻が載ってる、十三ページだ」、俺は十三ページに戻った、確かにそこでは女の尻が露わになっている、だが正直言って、周りがすべて少しピンボケしている、俺は不満だった、不満だったので彼に言った、「この写真が偽物じゃないって証拠はないだろ、なあ、鮮明じゃない、これじゃあ誰の尻でもいいじゃないか」、《印刷屋》は怒りで叫び声を上げた、『パリ・マッチ』の中身を疑われるのは面白くないし、中身について反論されるのは耐えがたい、だから激昂して言った、「何だって、《割れたグラス》、なあ、何を言ってやがるんだ、イカれてるのか、あんたみたいな六十を超えた男が、あんたほどの賢い男が、どうやったらそんなバカげたことを言えるんだよ、なあ、じゃあ何かい、あんたはこの写真が事実じゃないって言いたいのかい、そう思ってるってことか、なあ、『パリ・マッチ』のような雑誌が事実じゃない写真を載っけてるって思ってんだな、あんたにはわからないのかい、これはカラー写真だ、自分の人生を危険にさらしてプロが撮った写真だ、記事を書いているのもまじめなジャーナリストだよ、そこに載っている女の尻はベレー帽に杖の平均的なフランス人があこがれる正真正銘、本物の尻だ、クソッたれ、あんたの目は本当に節穴なんだな」、俺は相手の反応にビビってるみたいに小声でもごもごと言った、「ああ、それでも三流雑誌で見たものをすべて信じることはできないよ、買う人間がいるからどんなものでも売れるんだろうな」、すると彼はますますいらだった、「待てよ《割れたグラス》、まずこの雑誌は三流なんかじゃない、これはまじめな雑誌だ、しっかりしたお堅い内容のな、誓ってもいいぞ、だってそれをフランスで印刷していたのは俺たち自身なんだから、内容はすべて本当のことだ、だから皆が買うんだよ、政治家、スター、経営者、有名な俳優は、自宅の前で家族と一緒に、犬や猫や馬なんかとも一緒に撮られた写真が載るよう競い合っている、もっと言えば、もしフランスの政治家が汚職、架空請求、談合、収賄などで有罪になったり取り調べを受けたりしたら、彼らは『パリ・マッチ』に家族と一緒に掲載されることを望むんだ、自分たちが善良な人間であることを示すために、そして、次の選挙に立候補させないよう嫉妬深い人間や政敵にはめられたんだと示すためにな、どういうことかわかるか、なあ、二十七ページを見てみろ、政治家が載っているよ、そいつは終わってる奴で、スキャンダルまみれの人間だよ、フランスでもっともいかがわしい事件に関わってる、それでも奴は『パリ・マッチ』に載る、そうすれば乗りきれるからだ、俺が言うんだから間違いない」、それでも俺はピンボケの尻が映った十三ページの記事にこだわった、「すまないが、やっぱりこの写真は本物じゃないと思うんだ、普通に見て明らかなことだ」、すると彼は俺の手から雑誌を無理やり奪い取った、気分を害し、プライドを傷つけられた彼は、不愉快な言葉を吐きながら離れていった、「あんたは本当に老いぼれのクソじじいだな、いままであんたのことをいい奴だと思っていたけど、歳のせいで脳みそまでやられちまったらしい、それに、あんたはクソのにおいがする、体を洗ってきな」、それから彼は地面に唾を吐いて、こう付け加えた、「俺たちは価値観が違うようだ、あんたのは前の時代の価値観で、もう過去の人間ってことさ、ここで何をしてるのか知らないが、あんたとはもう話したくない、これで終わり、おさらばするよ、俺は『フランス行き』をやったんだ、忘れちまったのか、ここにいる誰も雪が降るのを見たことはないだろ、シャンゼリゼも凱旋門も見たことはないはずだ」、そう言って、彼は怒りを露わにしながら急いで去っていった、俺は心の底でこう思った、「どうでもいい、老いぼれのクソじじいは、お前にクソ喰らえと何度でも言うよ」、《印刷屋》は泥酔した男たちの中に座った、酔っぱらいたちは恐るべき南部シャークスと粘り強い北部カイマンズの試合について話していた、2対0の文句なしのスコアで北部カイマンズが勝利したようだが、その前の第一試合では同じスコアで南部シャークスが勝ったらしく、そうなると理屈からいえば二週間後にもう一度試合があるはずだ、体が不自由で退屈している人間のように酔っぱらいたちはぐだぐだとそんなことを話していた、そこに《印刷屋》が来てスポーツの話をさえぎってこう言った、「おいおい、お前たち、ここで何してるんだ、なあ、俺の場所はどこだ、頭がおかしくなったのか、まじめな話をしようぜ、なあ、そんな野蛮人たちのくだらない試合よりももっと大事なことはあるだろ」、それから彼は自分の雑誌を回した、気に入った奴もいたが、サッカー狂の奴らには気に入られなかった

少し足のしびれをとって、何か口にしようと俺は立ち上がった、奇妙な一日だったと思う、朝五時に自分のクソを集めることからはじまったわけだが、あれは悪い予兆だった、いまは皆の神経がいらだっている、思うに俺にとって今日がこの店での最後の日になるだろう、たとえ俺自身がそのことを信じられなくとも、だが間違いなく今日が最後の日だ、終わり方を学ばなくてはならない、そう考えながら俺は幻滅とともにバーを出た、独立大通りを渡ると、〝ツケ払いお断り〟

の真向かいに串焼き肉を売るママ・ムフォアがいる、彼女はハゲていて、歌って客を楽しませるから、皆から愛情を込めて《禿《はげ》の女歌手》[*1]と呼ばれていた、彼女はシタビラメのグリル、プーレ・テレビジョン、プーレ・ビシクレットを売っている、俺はプーレ・テレビジョンは電子レンジのオーブン機能で作られるから好きじゃない、俺の好みは戸外で熱い炭火で焼かれるプーレ・ビシクレットだ、口の悪い連中は《禿の女歌手》が料理の中に呪物を入れているから景気が悪くてもいつも客が来るんだとか言っている、そればかりか、彼女のうまい串焼きはこのあたりの犬か猫の肉だなんてことも、でも、だからといって俺が料理を吐き出すことはない、そんな駄弁を俺は信じない、もし本当にこのあたりの犬や猫の肉が使われているとしても、その肉はうまいと結論せざるをえない、それなら俺たち全員、このあたりの犬や猫を口にしていることになる、実際、彼女の小さな店にはいつも人だかりができている、思うに、《禿の女歌手》が親切で、本当のママで、誰に対してもいつもやさしい言葉をかけてくれるからだと思う、彼女はお代の請求はしないも同然で、金を受け取るようこちらからお願いしなくちゃならないほどだ、「気にしないで、パパ、お金は払えるときでいいよ」、それが彼女の口

＊1　フランスで活躍したルーマニア出身の劇作家ウージェーヌ・イヨネスコ（一九〇九－一九九四）の一九五〇年のデビュー作。

癖だ、そんな彼女の気前のよさを受け入れるわけにはいかない、彼女だって家賃を払わなくちゃいけないし、家族を養わなくちゃいけない、金を払うと彼女はその地区の他の店よりもたくさん盛ってくれるし、客の中には鍋の中から自分の串焼き肉を選ぶ奴もいる、キャッサバを無料で添えてくれるのがトロワ＝サン地区の客を惹きつけるための彼女のやり方だ、だから誰もが彼女のことを大好きなんだ、それ以外の評判などセーヌ河岸で書かれた下手なアフリカン・ニグロ文学みたいなもんで、単なる喧騒にすぎない、人はいろいろ言うが、それでもこのあたりの犬や猫の串焼き肉を食べているわけだ、信じられないことだよ、彼らは、彼女が使っている揚げ物用の油が痰《たん》や小便を混ぜた代物で、だから串焼きには日本料理のミートボールみたいな味がするなんて言うんだ、そんなのは作り話であって、俺は信じない、ママ・ムフォアは誠実な市民だ、《頑固なカタツムリ》と同じでね、彼らは最後の審判の日に何も非難されることはなく、天国での席がすでに番号つきで予約されているような人間だ親切な《禿の女歌手》は俺が店の前に来たのを見ると、微笑《ほほえ》みながらこう言った、「今日は何にするんだい、《割れたグラス》パパ、何だか顔色が悪いね」、彼女は〝ツケ払いお断り〟の客を全員「パパ」と呼ぶ、それが彼女の愛情表現だ、俺はトウガラシ多めのプーレ・ビシクレットを注文し、キャッサバも添えるよう頼んだ、すべて受け取ってから金を払うと、彼女は俺にこう言った、「酒をやめないとね、パパ、そのソヴィンコの赤ワインはよくないよ」、俺は答えた、「今日でやめるよ、これが俺の最後の日で、俺の最後のワインだ、本当だよ」、彼女は笑ってこう言った、「まじめに言ってるんだよ、《割れたグラス》、酒を飲むのはよくない、いい男だったのにそんなに痩せてしまって、日に日に元気がなくなってる、ボトルはもう捨てな」、俺はもう一度彼女に、深夜0時に赤ワインの信仰は捨てると誓った、「信用できないね、酒をやめたら何を飲むつもりなんだい」、そう尋ねられたから、俺はただの水をたくさん飲むと答えた、彼女は疑り深い様子で首を振って、俺に言った、「実際に見ないと信用できないね、それから、パパ、シャワーを浴びてね、クソの上に座ったのか知らないけど、ものすごくにおう」、まだクソのにおいが残っているのかと思った、彼女は電子レンジのほうに行ってプーレ・テレビジョンをひっくり返し、沸騰している油の中に鯉《こい》を入れ、右手の甲で顔の汗を拭った、鍋の中に彼女の汗が垂れるのが見えたが、そんなのはどうでもいい、それも含めて彼女の料理の味付けになってるのだから、彼女はやっぱりすばらしい人間だと思った、調理道具に囲まれて座り、一生懸命働いている、彼女がそんなふうに働くのは、日々のパン代を稼ぐためだろうか、いやたぶん隣人愛からじゃないだろうか、そんなことを考えているあいだも、彼女は俺に繰り返しこう言ってきた、「酒を飲むのはよくないよ、パパ、いつか絶対にやめなさいよ、酒瓶のせいでエタトロ墓地へ直行した人たちを私は知ってる、酔っぱらいの死体は見るも無惨だよ、肌は奇妙で、赤ワインのような色をしていて、ぞっとする、亡くなったときにあんたの死体がそんなふうなのはいやだよ、言っていることわかるだろ、ねえ」、彼女が話題にしているのはデムクセという男だ、彼は偉大な酔っぱらいで、肌は赤く、そこから大きなキノコが生えていた、ママ・ムフォアによればデムクセは一度も水を飲まなかったという、彼はある日フクス地区の茂みの中で酒瓶を手に死んでいた、遺書に書かれた指示に従って彼の遺体はワインケースとともに埋葬された、だが俺はこの男のことを知らない、

〝ツケ払いお断り〟に来たことは一度もなかったので、彼についてここで長々と書いても意味がなく、無駄にページを使ってしまう、ママ・ムフォワは、デムクセの話をしたあと俺が何も言わないのを見てこう言った、「パパ、ごめんなさい、怒らないでほしいの、私があんなことを言ったのもあんたのことが好きだからよ、好きじゃなかったらあんなことは言わなかった、信じて、パパ、デムクセみたいな死に方をしてほしくないの、あんたは彼以上の存在なんだから」、彼女はようやく料理を出した、俺はプーレ・ビシクレットを受け取り、においを吸い込んだ、よく焼けていて、タマネギのせいでくしゃみが出た、彼女は俺を見て、やさしい声でつぶやいた、「召し上がれ、愛しいパパ」、俺はいつもの場所に戻って食事をするため、独立大通りを渡った

〝ツケ払いお断り〟の主人が「《割れたグラス》、調子はどうなんだ」と尋ねてきたとき、俺は本当にどう答えていいのかわからなかった、彼は俺のことなら何でも知っている、なぜ俺がここで暮らしているのか、その原因がアンジェリックにあるいうことも、彼は数年前にアンジェリックがこのバーから俺を連れ出しにきたのを見ていた、まだこの建物の屋根が出来上がる前の話だ、だから、彼に言うことは何もない、何も付け加えることはないんだ、しかし、俺はいまこうしてノートに書いている、他の誰がこのノートを読むことになるのかはわからないが、身内でない限り、このノートの慎みのない読者はこの件について何も知らず、俺に何があったのか不思議に思い、こう考えるに違いない、「他の人間について話すのも、隅っこに座ってプーレ・ビシクレットを食べるのもいいが、お前はどうなんだ、《割れたグラス》、お前のことを話してくれ、何もかも、うだうだと堂々巡りなんかじゃなく、自分自身について語ってくれ」、そういうわけで自分のことを話すべきだろう、慎みのない読者にはなぜ俺がパラシュートなしにこんな低俗な場所に落ちてきたのか、なぜ俺がいまここで人生を過ごしているのかを知ってもらいたいし、そのことが抜け落ちたままではいてほしくない、何度でも繰り返すが、俺はこの場所では化石のように古い存在なんだ、では、はじめに言っておくと、天使《アンジエリック》というのは俺の前妻の名前だ、しかし彼女のことは悪魔《ディアボリック》と呼ぶことにする、このノートではこれからずっとディアボリックと呼ぼう、そう、そう呼ぶのがふさわしい、彼女には天使のようなところは少しもなく、天使とは正反対の存在だからだ、酔いどれ天使でも彼女のように振る舞いはしない、ディアボリックとは十五年も連れ添ったからよく知っている、彼女はそのあいだずっと、自分のくびれがワインボトルのくびれよりもセクシーだということを俺に認めさせたいと思っていた、だが俺は十五年以上もそれとは反対のことを彼女に示した、ワインボトルがあれば、俺はいつでもどこでもどんなやり方でもそのボトルを空にすることができた、それは俺が決めることで、俺の意志と、〝ツケ払いお断り〟に来る時間が問題だ、だが、ディアボリックに対しては、まるで女と一緒にいないみたいに振る舞ったんだ

買ったプーレが冷めてしまうから、すぐに食べなくちゃいけないことはわかっているが、自分の人生とディアボリックについては少し言っておかなくちゃならない、最初の頃、あの女は俺をバーから連れ出し、自宅に連れて帰っていたんだ、だが俺ときたら、彼女が寝るとまたすぐにバーに戻っていた、翌日、彼女はめそめそ泣いて、もう会わない、一緒に暮らすのは地獄だと訴えた、それでもあいかわらず俺は譲渡された土地のマンゴーの木のてっぺんの雄鶏が最初の鳴き声を上げる明け方頃に帰宅していた、マンゴーの木の根元で寝ていたことだって何度もあった、そのときは木のてっぺんで一日のはじまりを告げる雄鶏の熱くて粘ついたクソで目を覚ましたものさ、朝、ディアボリックが家のドアを開けると、そこ

には自分の小便や黒ずんだ下痢にまみれた俺の姿があって、それを見た彼女は泣き崩れ、隣人たちを呼んだんだ、恥ずかしい思いをしたほうが俺が生活習慣をあらためると考えたからだろう、俺は知り合いにもなりたくない隣人たちにクソッたれと暴言を吐き、私生活を尊重してほしいと訴えた、隣人たちのひとり、俺がもっとも嫌いだった人間はこう言った、「こんなふうに周りの人間に迷惑をかけるような奴に私生活なんてものはないよ、自分の自由は他人の自由がはじまるときに終わるんだ」、この男は啓蒙主義の哲学者を気取っていた、自分のほうがずっと一般教養があると言い張ったのであやうく暴力沙汰になりかけたよ、さて、何はともあれ、ある日の明け方、ディアボリックは大声で、たくさんだわ、もうたくさん、我慢にも限界がある、あなたのようなさまよい歩く屍《しかばね》をずっと見張っていることなんてできない、あなたのせいで私はずっとつらい思いをしているの、と言った、それから、俺が涙をもたらす商人[*1]で、いまの自分の人生というタペストリーを踏みにじっているとも言った、問題は明らかだった、俺はきっぱりと決断をしなくてはならず、彼女を選ぶかアルコールを選ぶかを決めなくちゃならなかった、きわめてコルネイユ的な選択[*2]だ、それで俺はアルコールを選んじま

＊1　原語は「涙の商人」で、フランス領マルティニーク島の作家グザヴィエ・オーヴィル（一九三二－二〇〇一）の一九八五年の小説。

＊2　フランスの劇作家ピエール・コルネイユ（一六〇六－一六八四）の劇作では、主人公が私情と義務、名誉と友情などのあいだで葛藤し選択を迫られる。

ったんだ、俺が家に帰らない夜や敷地内のマンゴーの木の根元で寝てしまった夜には、彼女はめそめそ泣いていたんだ、それから隣人の啓蒙主義哲学者とそのことを話題にした、この隣人は俺がまるで死人や、オペラ座の怪人や、棒男[*3]のようだと言った、ディアボリックはこうした安っぽい哲学的空想に感心し、自分をすごく苦しめているそんな空想上のなしくずしの死[*4]よりも本当に俺が突然死することを望み、自分の人生にわずかな自由を取り戻すため俺には死んでもらいたいと言った、それから、このあたりの住人の視線にはもう耐えられない、皆が自分を嘲笑し、犬ですら自分が通ると吠えてくる、酒を飲んでいるのは自分ではないのに、と言った、さらに、こんな状況が続くようならチヌカ川に身を投げるとまで断言したんだ、俺は彼女をなぐさめ、文句のつけようがない言い分をいくつか見つけた、たとえば、酒を飲むのはたばこを吸うよりもいい、とまじめに言ったんだが、彼女はすぐに反論し、飲むのも吸うのも同じ蛇口から出る水、同じパイプの中の草だよ、だから酒を飲んじゃダメだし、たばこを吸うのもダメ、さもなくば猛スピードであちらの世界に行くことになる、と言った、俺はまたしても笑った、酒を飲んで何が悪いのか俺にはわからなかった、それに俺は一度だってディ

＊3　棒男はグアドループに伝わる犯罪者で夜になると女性を襲って殺害し、棒で女性器を潰していたとされる。

＊4　ルイ＝フェルディナン・セリーヌの小説。本書7ページの注1（「バー〝ツケ払いお断り〟」の注）を参照。

アボリックを叩いたことはない、むしろ彼女のほうが腹を立てると俺を押したり、怒鳴ったりしたのであって、それこそが現実だ、それでも俺は攻撃的にはならずおとなしく酒を飲み続けた、彼女は知らないわけじゃない、俺が非暴力とは何かを理解していて、キング牧師がガンジーの絵を見ているポスターが俺のお気に入りだということを、そのこと以上に俺が非暴力の支持者であることを証明するものはない、俺は第二の性[*1]を攻撃するような人間じゃない、そんなことはするはずもない、だから俺は彼女に尋ねた、「これまでお前を叩いたことがあったか、俺が外で誰かに暴力を振るったことがあったか、誰かがここに来て俺について文句を言ったことがあったか、一度もないだろ、俺が誰かに手を上げることはこれからもない、お前が俺のことを渡り鳥だろうと留鳥だろうとあらゆる言葉で罵倒し[*2]ても無駄だ、俺をいい加減な人間として扱っても、人前で貶めても無駄だ、俺はそんなこと屁とも思わない、人はみなそれぞれ自分の重荷を背負ってこの世界に生まれてくるんだ、だからこれ以上俺の評判を下げることはできない、俺は酒を飲んでも自分が何をしているかはわかっている、お前がでっち上げたモノクロ映画なんてバカげてる」、俺はひと息で彼女にそう言った、濁ったチヌカ川で溺れ

＊1　『第二の性』はフランスの作家シモーヌ・ド・ボーヴォワール（一九〇八－一九八六）が一九四九年に刊行した代表作。フェミニズムの古典とされる。

＊2　「罵詈雑言を浴びせる」という意味の「あらゆる鳥の名で（人のことを）呼ぶ」というフランス語の慣用表現をもじったもの。

た母の死に誓って本当のことだ

するとディアボリックは、悪魔が俺に住みついて呪いをかけているとか、俺が先の尖った尻尾を持つ執拗な生きものに取り憑かれているとか、火山の目[*3]をした生きものに魅了されているとか、話を聞いてくれる人には誰彼構わず説いて回った、そして、俺がこの悪魔に利するよう行動していて、俺の話す言葉は実際にはサタンの言葉で、神に向かってこの世界のことを説明しているのだと言った、俺にはそんな話まったく理解できなかったから、実際にこの目で確かめたかった、ある日、彼女は皆の前で、最後のチャンスを与えるから、俺はそのチャンスを逃してはならない、もはや執行猶予も保護観察もありえないと告げ、そしてこう言った、「酒を飲むのはいい、でも飲まない人の生活を汚《けが》してはならない、でたらめな話だよ、私がこのままの人生を送るとでも思ったの、ねえ」、それから彼女は、酒は飲む人間よりも飲まない人間にとって有害だと続けた、飲んでいるのは俺のほうなのに、彼女のほうが酔っぱらってるみたいだった、彼女は俺よりも二

*3 『火山の目』はマバンクと同じコンゴ共和国の作家ソニー・ラブ＝タンシ（一九四七－一九九五）の一九八八年の小説。

倍は酔っているようだった、実際のところ、あの隣人の哲学者が根拠のない考えを並べて彼女を悩ませ、彼女のほうもそれを真に受けていたんだ、この隣人はディアボリックが「間接的被害者」だと言った、俺は本当にうんざりした、俺のほうは、パリで医学の勉強したわけでもない奴が下したそんな短絡的な結論など鼻であしらっていた、それに実習中の消防士のごとくたばこをふかす医者は結構いるわけだし、事を大げさにしちゃあいけない、いったいどうして俺の飲んだ酒が彼女の腹の中に入り、まるで彼女が飲んだみたいに酔わせちまうなんてことがあるんだ、神は偉大だ、そうだろ、俺たち人間は繊細に造り上げられている、ふたつの違う胃袋に見えないつながりなんてないはずだ、人はそれぞれ自分のジョッキ、自分の小腸、自分のすい臓を持っている、俺の胆汁は俺の胆汁、彼女の胆汁は彼女の胆汁、それだけのことだ、俺はディアボリックと隣人の哲学者にそう答えた、だが、これは妻が俺に与えてくれる最後のチャンスだ、命令に従わなければ彼女がどんな策略をとるのか楽しみだった、すると彼女は言った、「これが最後のチャンスだっていうのは冗談じゃないのよ、ひどい結末を迎えることになるわ、そのことはあんたに忠告しておくよ」、俺は笑いながら「はいはい、わかったわかった」と答えた、俺はあいかわらず赤ワインを飲み続けた、未開封のかわいそうなソヴィンコの栓を開けては飲み干したんだ、自分が結婚していて、ディアボリックが妻だってことすら忘れていたよ、ある日、イスラムに改宗した隣人たちがやってきて、奥さんが蛇に噛まれたと言って、俺を〝ツケ払いお断り〟から引っ張り出そうとしたが、俺は自分が結婚しておらず、蛇の話なんてもう黒人の子どもも喜ばないと言った、すると、俺などもはや生きるに値しないから、神であるアッラーに命を奪ってもらうほうがいい、などと隣人たちがつぶやいているのが聞こえた、彼らは、俺がもはや単なるシルエット、墓のない亡霊でしかないと言った、隣人たちが話してくれたことは正しかった、木が生い茂る野生のサバンナにはもはや生息できる場所がなくなったため、トロワ＝サン地区では黒蛇が急激に繁殖し、その黒蛇に俺の妻は噛まれてしまった、蛇ですら農村から都市部へ移動する時代になったということだ、奴らはディアボリック以外に標的を見つけられなかった、だが俺にはそんなこと関係ない、俺は別のことを考えていたんだ、たぶんこの黒蛇の件で何もかもがおかしくなり、ディアボリックは急いで事を進めることになったんだろうそれで、よく晴れたある日のこと、妻の家族が突然家に押しかけてきたんだ、彼女は小さな民族戦争会議を開いた、彼らのビザンチン会議の議題はこの俺、《割れたグラス》だった、彼らはあらゆる角度から俺のことについて議論し、俺に関する決定を下した、俺は審判の場に出廷しなかったので欠席判決を受けたんだ、彼らが仕掛けた罠にかかったような気がした、実際、俺は本能に従って、前の晩から家を留守にしていた、そうして俺はあの不寛容な人間たち、人権の破壊者たち、邪魔者たち、混乱と憎しみの子どもたちの牙からかろうじて逃れることができたんだ、ただ、俺の居場所を知っているディアボリックの警戒心と彼女の俺に対する恨みについては計算外だった、彼女は親族一同を引き連れて、独立大通りを歩いた、通行人ですら、トロワ＝サン地区の貧者や物乞い《バトゥ》のストライキだ[*1]と思ったらしい、というのも、これは言っておかなくてはならないが、俺の元妻の両親は本当に着古して汚れた服を着た乞食、浮浪者、田舎者だったからだ、それもそのはず、彼らは内陸地域の百姓《ムジーク》で、土地を耕すことと雨季の到来のことし

＊1　『物乞い（バトゥ）のストライキ』はセネガルの作家アミナタ・ソウ・ファル（一九四一－）の一九七九年の小説。町から追い出した政治家に対する物乞いの反乱が題材となっている。

か考えていなかった、強欲な彼らは死者の魂を誰にでも売ることだってでき、礼儀などはわきまえず、テーブルマナーはまったく知らないので、フォークもスプーンもナイフも使えない、アラゲジリスを追いかけ、ナマズを釣るだけの田舎者の生活をしてきた連中だ、文化の話なんてできるわけがない、口髭の歌手[*2]が言うように、彼らは指ぬきよりもはるかに大きな知性を持ち合わせていないんだ、洞窟で暮らすそんな連中が、俺の〝ツケ払いお断り〟に対する気高い思いを挫《くじ》くためにやってきたんだ、彼らは俺に対する欠席判決を読み上げ、俺を《間違いゼロ》という名の治療師あるいは呪物師、いやむしろ魔術師のところに連れて行くことに決めた、俺に取り憑いている執拗な悪魔を追い出し、サタンの光を浴びて黄金色になる習慣を俺から奪うのが目的だ、それで、俺たちは《間違いゼロ》というあのバカのところに行くはめになった、ビビってなんかいなかった、この連中を困らせたかったので俺はこう言った、「放っておいてくれ、酒を飲んで俺が誰かを怒らせたことなどあるか、皆どうして俺に敵対するんだ、俺は《間違いゼロ》のところなんか行きたくない」、勇敢な妻の親族は口を揃えてこう答えた、「お前は私たちと一緒に来なくてはならないんだよ、《割れたグラス》、お前には

＊2　このあと（本書193ページ注1を参照）にも言及されるが、フランスの歌手ジョルジュ・ブラッサンス（一九二一－一九八一）を指す。ブラッサンスの曲「美しい花」の中に、「指ぬきよりもはるかに大きな知性」という歌詞がある。

選択権はない、必要とあらば手押し車に乗っけてでも連れていくよ」、オオカミ用の罠にひっかかったハイエナのように大声を上げて俺は答えた、「いやだ、絶対にいやだ、《間違いゼロ》のところに連れて行かれるくらいなら死んだほうがましだ」、多勢に無勢で捉えられ、急かされ、脅され、動けなくされた俺は叫び声を上げた、「信頼できない、恥を知れ、お前たちは俺に何もできない、割れたグラスが修理されるのを見たことがあるか」、すると彼らは無理やり俺をみっともない手押し車に押し込んだ、俺はセメント袋のように運ばれたが、そのありえない光景を見て地元の誰もが笑った、そんな苦難の道を通りながら俺はずっと《間違いゼロ》を侮辱し続けた、そのあいだ俺の妻は自分を噛んだ黒蛇のことを話題にした、どんな黒蛇だったんだと尋ねると、「サタンの蛇だよ、あなたがよこしたんでしょ、黒蛇に噛まれたことなんてこれまで一度もなかったのに」と彼女は叫んだ、俺はずっと言い続けた、「黒蛇、真っ黒い蛇、いったい暗闇の中でどうやって見えたんだ、真っ黒なのに」、妻はあやうく手押し車をひっくり返しかけたが、彼女のおばがなだめながらこう言った、「落ち着きなさい、《間違いゼロ》がすぐに彼を診てくれるから、長い柄のスプーンを使わずに悪魔と神が一緒

＊1　英語には「悪魔と食事す

に食事できるかどうかは[*1]、このあとわかるでしょう」

彼らは俺を無理やり《間違いゼロ》のところに連れていったんだ、何の曲かは忘れたが俺はあるメロディを口ずさんでいた、カゴの中の鳥が歌う理由[*2]なんて誰もわからないだろう、口ずさんでいたのはたぶんソロモンの歌[*3]だった、道がガタついていて、あやうく手押し車がひっくり返りそうになったけど、なぜかわからないが奇跡的に車から落ちることはなかった、彼らは交替しながら手押し車を押した、俺はゲップをし、小便するぞ、クソをするぞと脅して困らせてやった、そうしてようやくチヌカ川の向こうの丘の上にある、《間違いゼロ》の古い小屋の前に到着したんだ、魔術師は遠くから俺たちの到着を見て言った、「不信心な人々よ、汚れた靴を脱ぎ、邪《よこしま》な考えを捨てなさい、ここは我が家です、あなたたちは祖先たちの王国に入ったのです」、一同はみな、まるで本物の聖霊から発せられた言葉であるかのように、魔術師の言うことに従った、妻は俺の靴を力ずくで脱がせ、連中は脱がせたその靴を片隅に放り投げた、俺は妻に言った、「俺の

るときには長い柄のスプーンが必要だ」という古い諺があり、「悪い人物と付き合うときは影響を受けないよう距離をとって注意せよ」という意味。シェイクスピアも『間違いの喜劇』や『テンペスト』でこの諺を用いている。

＊2　アメリカの歌手・作家で公民権運動をはじめとする社会運動に参加してきた活動家のマヤ・アンジェロウ（一九二八－二〇一四）は一九六九年に自伝『私はカゴの中の鳥が歌う理由を知っている』（邦訳『歌え、翔べない鳥たちよ』）を刊行した。

＊3　アメリカの作家トニ・モリスン（一九三一－二〇一九）は一九七七年に刊行した小説『ソロモンの歌』の中で、ソロモンという名の黒人奴隷が故郷アフリカに「飛んで」帰ったという内容の童謡を登場させている。

靴を忘れるなよ」、彼らが《間違いゼロ》に贈り物を渡すと、《間違いゼロ》はハ長調の甘い歌声で礼を言ったが、半音高くなっていた、それほどこの男はいかがわしかった、だから俺はすぐにわかったんだ、《間違いゼロ》が治療師などではちっともないことが、彼は判事を裕福にしようとした男、このノートの後半部の冒頭で話題にしたムイエケに似ている、《間違いゼロ》は本当の魔術師でもない、というのも、ちゃんとした魔術師であれば俺でも涼しい顔で見分けられる、彼は紳士的な詐欺師ではなく《大詐欺師》だ、俺はそう認定した、そしてこの《大詐欺師》にこう言った、「もしお前が本当の治療師なら、もしお前が申し分のない魔術師なら、俺の生年月日と生誕地を皆がいる前で言い当ててみろ、俺の家系についてて語ってみろ、お前の神秘学がどれほどのものか見せてくれよ」、すると妻の両親、死者の魂を売り物にするあの百姓たち、物乞いたち、田舎者の男たち女たちが俺のほうをにらみつけ、大声で怒鳴り、こぞって俺を糾弾した、彼らは俺に、《間違いゼロ》が祖先と交信しているあいだは、神の怒りを買わないようバカげた茶番をやめろと言ってきたんだ、それから俺を壁に押しつけたが、俺は変わらず横柄な態度でさらにこう言った、「そう、俺の生まれた村のルブルの本物の魔術師はみな人の生年月日と生誕地を言い当てることができる、だが、お前にはそれができないのはわかってる、お前自身もそのことはわかってるだろ」、ピリピリした雰囲気の中で妻が言った、「《割れたグラス》、少しのあいだ、口にチャックしてもらえるかしら、偉大な《間違いゼロ》に仕事をさせてあげて」、俺は口を閉じなかった、それどころかそこにいた連中に次のように言って、さらに墓穴を掘った、「こいつは一流のペテン師だよ、本物の魔術師でも、本物の治療師でもない、こいつはお前たちの金を巻き上げたいだけなのさ、そう、金を巻き上げたいんだ、この国の詐欺師たちがみな、正直な市民の金を巻き上げるようにな、悪魔は奴のほうだ、俺じゃなくてな、**『退け、サタン』**[*1]と言いたいよ」、俺は何度もこうした邪説を唱えたが、そのあいだ妻の家族は声を揃えて俺を侮辱した、妻は叫んだ、「もう黙りなさい、《割れたグラス》、このあたりでは畏怖されるほどの人を前にどうしてそんな話し方ができるの、頭がおかしいんじゃないの」、俺は笑って、この詐欺師に肘を曲げて握った右手の拳を突き上げる挑発のジェスチャーを示し、地面に唾を吐いた、妻の父は、「お前の夫はもう私の知っている人間じゃなくなった」と言った、妻の母は「私たちの祖先が義理の息子の錯乱を

＊1　原語はラテン語の Vade retro satana で、中世ローマ・カトリックの悪魔祓いの定型句。

お許しくださいますように、サタンによって神の被造物の口からこれほどの誹謗中傷が発せられるなんて」と言った、すると妻の兄が「彼は神の被造物ではない、彼は反キリストそのものだ」と言った、そして、他の百姓たち、田舎者の男と女たち、無作法者たちも同じようなことを言った、そこで話を元に戻そうと妻がふたたび話しはじめた、「《割れたグラス》、いまこの瞬間も私たちのことを見ている祖先さまたちに、そして《間違いゼロ》に謝りなさい、あなたのせいで交信が行われていないのよ」と妻は言った、するとそれまで瞑想の振りをしていた《間違いゼロ》がようやく口を開いた、彼はため息まじりにこう言った、「マダム、聡明なるお言葉をありがとうございます、しかし、あなたの夫の体に住み着いているのは悪魔だということをご理解ください、しゃべっているのは悪魔なのです、この悪魔をあなたの夫の体から追い出してみせましょう、信じてください、私の名が《間違いゼロ》なのは偶然ではありません、皆さんご存じのように、私はこれよりも扱いづらい霊たちといままで戦ってきました」、俺はふたたび怒りに火がついてこう叫んだ、「バカなことを言ってるんじゃないよ、この嘘つき、大詐欺師、卑しい夢売り人、七つ以上の名を使うペテン師、見栄っ張り、いかさま師、才能のない奇術師、便乗屋、腐った資本主義者、**退け、サタン**」、俺がそう言うと、突然《間違いゼロ》はいらだち、自分をコントロールできなくなった、彼は何とか作り笑いを浮かべ、黒くなったみそっ歯をギリギリと噛みしめた、それこそ俺が求めていたこと、俺は彼が逆上することを望んでいた、彼はこう言った、「お前は私を資本主義者だと言った、私を、この私をだ、私が資本主義者だって言うのか、祖先の仮面の前でもう一度同じように私を誹謗してみろ、お前の顔を醜い豚面《ぶたづら》にしてやるぞ」、そんなふうに彼が叫ぶのを聞いて、俺はなおこう言い放った、「ああそうさ、お前は卑しい資本主義者、筋金入りの資本主義者だ、次から次へと人を搾取している、**退け、サタン**」、彼はさらにいらだって、俺の妻にこう言った、「マダム、こんな状況では仕事などできません、あなたの夫は私に対して敬意がない、祖先に対しても敬意がない、私のことを資本主義者扱いするのですから、『**退け、サタン**』と言ってきても悪魔の言うことですからすべて受け入れます、ただ資本主義者だけはごめんです、この私が貧者を搾取しているというのでしょうか、金儲けが好きで、次から次へと人々を搾取しているとでもいうのでしょうか、何と言われても私は《間違いゼロ》ですよ、誰に尋ねてもらってもいいのですが、私は見えぬ者の目を見えるようにし、麻痺した者の足を動けるようにし、声を失った者の声を回復し、子を産めぬ女の体を産めるようにし、尿意のせいで勃起する朝の時間でも勃たなくなった男を勃起させたのです、それに、この町の市長がこれからずっと再選を果たし続けるのを助けたのも私だ、言うまでもなく、学生たちを試験に合格させたのも、学校に行かなかった人たちに行政職を与えたのも私だ、さらには、この地方の知事の妻を家庭に戻したのも私だ、理由もなく《間違いゼロ》と呼ばれているわけではない、アドルフ・シセ病院が破綻したとき、あなたがたの目の前にいるこの私が、途方に暮れたかわいそうな病人たちを助けたのですよ、わかりますか、あなたの夫のようなバカな人たちが私の伝説的な評判に泥を塗り、壁にかかっている祖先の仮面の純潔さを冒瀆するのを見ていると、この世界は本当に終わっていて、反キリストが仲介人に連れられてこの世界にやってきたんだと思ってしまいます、この男がいるべき場所は保護施設ですよ、あなたがたが連れてきたこのゴミはきちんと持ち帰っていただきたい、まったく、なんて話だ、外へ連れ出しなさいと言っているんだ、私への敬意を欠いたこの男に対して治療をする気はない、あなたたち全員に呪いの言葉を投げてしまわないうちに、私の聖域から出ていきなさい」、ミシシッピのゴスペルみたいに吠えるコヨーテや、バロックのコンサートを試みようとする山のオオカミのように、俺はまたしても笑い声を上げた、それから妻に「俺の靴を忘れるな、お気に入りなんだから」と言った、妻の家族は俺をふたたび手押し車に乗っけた、《間違いゼロ》の呪いの言葉が怖かったからだ、そして、その呪いの言葉のせいで豚面をした人間か豚の足と尻尾を持った人間として家系図に残るのが怖かったからだ、そういうわけで、俺は家に連れ帰られ、幸運にも、大詐欺師である《間違いゼロ》の攻撃を避けることができたんだ、**退け、サタン**

それでも俺の受難は終わらなかった、ディアボリックはあいかわらず不平不満を並べ続けた、そこで俺は乳離れをし、何日も、何週間も、何か月も妻とセックスをしなかった、それまでは酒さえ飲めばあんなにセックスをしたくなったのに、酔ったときにするのはいい、飛んでいくような、高くに上がるような気持ちになる、それでもディアボリックはもう俺のことを欲することはなかった、俺がくさかったからしい、俺はもう以前と同じ人間ではなく、ときにはサタンに似ていたようだ、俺はもう彼女を犯すことはできなくなった、まあまあ、そんなの俺には似つかわしくなかったのだけど、それ以降、俺はもう一発もヤッていない、その少しあとのことだ、事態は日に日に悪くなっていった、ディアボリックは敷地内のマンゴーの木の根元に俺を座らせ、何か大切なことを言おうとした、俺は彼女の言うことに耳を傾けたくなかったのでこう言った、「放っておいてくれ、もうずっと前から俺はヤッてないんだ、もしヤれないんだったら話すつもりはない」、すると彼女は脅すようなまなざしで俺を見て、悲しげな声で話しはじめた、その話を聞いて俺は泣きそうになった、地元の人間はみな俺のことを酔っぱらいだと思っているが、俺はかつてトロワ・マルティィール小学校のすばらしい先生だった、それがいまではフレデリック・ダール別名サン・アントニオの小説も、ラ・フォンテーヌの『寓話』も、『風車小屋だより』も、『田舎司祭の日記』も読まなくなってしまった、彼女はなお続けた、昔の生徒の中には俺についていい思い出をもっている者もいれば、この国の責任ある立場についている者もいて、彼らは行政機関のいたるところでよい地位を得ている、俺は学校で生徒を鞭打つことのないたったひとりの教師だったし、模範的な教師だったのだと、それから彼女は俺がなぜいきなり教師を辞めさせられたのかを語りはじめた、確かにそれは俺の人生の暗い時期だった、しかしそれも人生だ、いったい俺に過失があったのか、授業を担当することは本当にできなかったのか、彼らは、あの不誠実な奴らはそう言ったが、いまそのことについて少し話しておく必要があるように思う、いろいろと考えていたせいで、まだ手をつけていないプーレ・ビシクレットが冷めかけているが、それでもこの件については二言三言、話しておきたい

俺がまだ教師だった頃、酒を飲むと俺は必ず教室に遅刻してきていたらしい、解剖学の授業のときには子どもたちに尻をみせていたようだ、そればかりか黒板に大きく性器を描いたり、教室の隅で小便をしたり、男であれ女であれ同僚の尻をつねったり、生徒にヤシ酒を飲ませたりしていたようだ、崩れゆくこの世界ではちょっとした問題など存在しないので、原始人のような俺の素行は地方監査官の耳に入り、地方知事も俺のちょっとした逸脱行為の噂を知ることになった、当

時の地方知事は問題を大きくするような人間ではなく、ほんのわずかな兆候が見えたらすぐに膿《うみ》を出しきるよう処理していた、この不吉な知事は杓子定規で、妥協せず、決して譲らない人間だった、そのため彼は単純に俺の配置転換を求めたのだった、石板に刻まれた神の戒めを読み上げる預言者のような低い声で彼はこう言った、「この酒飲みを僻地に送りなさい、私の担当地域にはこんな男はもういらない、反アルコール中毒キャンペーンの邪魔になる、次期の知事生命を失いたくはないからな」、彼は何としても俺を僻地に飛ばしたがったが、俺は断固として拒否した、自分が片田舎でホロホロ鳥のケツを入念に調べてる姿なんて想像できなかったのだ、すると今度は県役員のところに話が及んだ、二メートル以上の身長のこの男になめた真似はできない、彼が言うことにはただ従うだけで、それ以外にない、彼は深い茂みの僻地に閉じ込めてホロホロ鳥の中で生活させるという知事の考えを認可した、俺はいやだ、いやだ、絶対にいやだと答えた、すると今度は政府委員のところに話が及んだのだが、彼はとても感じのいい奴で、歩くと女みたいにケツを振るからホモみたいだった、感じのいい政府委員は、僻地行きが俺みたいな人間にとっての唯一の解決策だと言った、そうすればヤシ酒しか飲めなくなるからということだ、彼が言うには、ヤシ酒はソヴィンコの赤ワインほど害はないらしい、俺はいやだ、いやだ、絶対にいやだと答えた、すると今度はついに教育大臣にところに話が及んだ、彼は言った、「トロワ＝サン地区のこのでたらめはいったい何なんだ、おい、酒を飲んだからってバカなことをしていいことにならないし、バカだから酒を飲んでいいことにもならない、この酒飲みを僻地に飛ばせ、それでこの件は終わり」、こうして話は雪だるまのように大きくなっていき、ちょっとした問題は誰もが知る大事件となった、僻地行きか、僻地行きじゃないか、それが問題だ、結果として親たちは俺のクラスに子どもを行かせないようにしはじめた、食べるか踏んづけてつぶしてしまうかもしれないという理由で俺にはチョークが与えられなくなった、それから、授業中に体温計と間違えて、どこかは想像できるだろうけど、アソコに突っ込んじまうかもしれないという理由でボールペンも与えられなくなった、それから、色の区別ができず赤と黒しかわからないだろうという理由で、カラーのボールペンやフェルトペンも与えられなくなった、それから、点から点へ最短となる直線を描くことはもうできないだろうという理由で、定規類が与えられなくなった、それから、まだ王国だった時代の名前でこの国のことを呼んでいるようだ[*1]という理由で、この国の地図も与えられなくなった、そこで俺は大声で言ったんだ、「どうでもいい、教えるのに俺にはどれも必要ない、手持ちのもので間に合わせるさ、ボールペンもチョークも定規も俺にはどうでもいい、それに国の地図だってどうでもいいんだ、こんなクソみたいな国、白人たちがベルリンで植民地というケーキを分けるときに引いた境界線[*2]を受け継いでいるだけなんだから、この国は存在すらしていない、ここは飢えて死ぬ家畜どもがいる保護地区なんだ」

さて、ある日のこと、俺が酩酊《めいてい》して教室に着くと、部屋の奥に生徒がひとりで座っていることに気づいた、幸運なことに、その生徒は出来のいい学生のひとりだった、俺は彼に向かって、もっと前に来て、最前列の机に座るよう告げ、その天使のような顔を輝かせる自分の知識欲を誇りに思え、と言った、それから、憐れむような目で俺を見るこの小さな天使に対して授業をした、彼は本物の天使だ、無垢な目と寛容なまなざしをしていて、クラスメートたちが来なくても教室

＊1　現在のコンゴ共和国、コンゴ民主共和国、アンゴラの一部、ガボンの一帯は十九世紀末の欧米諸国による分割統治を受けるまでコンゴ王国だった。

＊2　一八八四年から一八八五年にかけてベルリンで開催された国際会議で、欧米列強のコンゴ植民地化をめぐる対立の収拾が図られ、アフリカの植民地化の原則が確認された。この会議以降、列強によるアフリカ分割が本格化した。

に居続けた、一列目に座ると彼は机に自分の荷物を置いた、ノート、ポケット版の辞書、鉛筆削り、鉛筆、消しゴム、ビックのボールペン、マヨのペットボトルの水、[*3]それから俺は彼に名詞の複数形について話をした、確かに俺は酔ってはいたが、自分が言ったことはどうにかこうにか覚えている、「なあ、来てくれてありがとう、たぶんこれがこの学校で教える最後の授業になる、お前が来たのも神のおかげだ、お前はきっと大物になる、本物の男にな、間違いないと思うよ、だから俺はお前に書き言葉の基礎表現を教えるつもりだ、これから名詞の複数形について話をする、人生において重要な話題だ、それ以外のことはあとからわかるはずだ、だって人生なんて単数形と複数形からなるありふれた物語にすぎないからな、このふたつは日々争い、愛し合い、憎み合い、それでも共生することを余儀なくされている、ノートを取りなさい、俺が言うことをちゃんと書くんだ、一般的に普通名詞の複数形は語の末尾にSをつければいい、でも注意するんだ、語尾がS、X、Zの名詞の場合は単数と複数は同じ形をしている、たとえばbois（木）、noix（クルミ）、nez（鼻）なんかがそうだ、coffre-fort（金庫）、basse-cour（家畜小屋）、tire-bouchon（コルク抜き）などの複合名詞の複数形については

*3　ビック社はフランスのメーカーで、安価な使い切りボールペンを世界ではじめて開発した。マヨはコンゴ共和国の民間企業が販売しているミネラル・ウォーターのブランドで、サハラ以南のアフリカで最初のボトル入り湧水。ポワント＝ノワールの堆積盆地を横切るマヨンベ山脈から湧き出る。

このあと見ていく、それからpizza（ピザ）とかmatch（試合）のような外来語の普通名詞の複数形についてもね」、そのとき外から大きな騒ぎ声と怒号が聞こえた、侵入者が大挙してきたんだ、振り返ると十人以上の民兵が俺を糾弾しながら教室に入ってくるのが見えた、彼らは教室にいた俺の最後の生徒の両親を引き連れていた、その生徒は泣いていた、彼は教室から出たくなかった、最後まで授業を受けたかったし、学業を継続したかった、あとになって過ぎ去った幼年時代[*1]を後悔したくなかったんだ、兵士たちは俺の尻に蹴りを喰らわせてきた、俺は悪魔のごとくもがいて抵抗し、生徒は泣きながら俺を守るために戦おうとした、しかし俺は戦うことなく降参したんだ、そして小さな天使にこう言った、「ありがとう、俺の天使、お前は俺を非難するあの連中の中でもっともすばらしい、なぜならお前だけが俺を理解してくれたからだ、俺の背負っている十字架はとても重いが、泣き言を漏らさずに最後まで背負い続けるつもりだ、泣くな、天国でまた会おう」、小さな天使は愛情を示す仕草を俺に見せてから涙を拭った、こうして俺は学区に足を踏み入れることを禁止され隔離されることになった、俺は大声でこう言った、「どうでもいい、そんなこと俺には何の関係もない」、それから彼らは

*1　原語は「幼い頃のむかし」で、一九九〇年に刊行されたフランス領マルティニーク島の作家パトリック・シャモワゾー（一九五三-）の少年時代を描いた自伝的小説のタイトル。

俺を一時的に解雇した、俺は自宅で二週間、一か月、二か月と何の知らせもないまま待ち続けた、俺のクラスは老婦人が引き継いだ、それから三、四か月後、俺は行政から長い手紙を受け取った、文章が拙《つたな》すぎて、文法や構文の間違いを直すのにまるまる一日を無駄にしたほどだった、内容はどうしようもないもので笑っちまったが、とはいえ、この長すぎる手紙では、電気すら通っていない内陸のうらぶれた辺境地の教師のポストが提案されていた、ただ、この国の大統領兼将軍の部下のニグロたちなら指摘するだろうが、かつてレーニンはこう明言していたはずだ、「**共産主義とはソヴィエト政府プラス全国土の電化である**」と

この波乱の時期、ディアボリックは、最後のチャンスとして提案された解決策を受け入れるよう頼んできた、彼女は、僻地は世界の終わりじゃない、生活費は安いし、狩猟でとれた肉はフレッシュで小屋の裏で狩りができる、魚は勝手に網にかかってくれるし、庭小人[*2]でさえ身を屈めて歩かなくちゃいけないと愚痴をこぼすほど果樹の枝は低い、と言った、それから、僻地はいいところで、住人だっ

＊2　装飾として庭に作られた神話上の小人の像で庭や農場のお守り的存在。

て天真爛漫でいい人たちだし、村の墓地にはいつでも誰にでも場所があって死者が列をなすことはない、と説明した、そこで俺は「そうなのか、じゃあ僻地もいいところなのかもな」と言うと、俺が少しずつ考えを変えていることに気づいたディアボリックは、「《割れたグラス》、ここ数日間、私がずっとあなたに言い続けている通りよ、あなたは私の言うことを聞こうとしない、あなたはいつも都会が好きで、まるで母親のポケットから出たくない赤ちゃんカンガルーみたいよ」と答えた、続けてすぐに俺は尋ねた、「じゃあいったいどうして皆その僻地に移住しないんだ、都会よりもいいところなんだろ、なあ」、彼女は言った、「バカだから、ただバカだからよ、でもあなたは頭がいい、僻地こそ私たちの生活だってわかるでしょ」、今度は心配そうな様子で尋ねてみた、「俺が僻地に送られるのは、懲罰という面も少しはあるんじゃないのか」、すると彼女はこの件について長々と話していると日が暮れてしまう、これが最良の解決方法、ふたりにとってよいやり方で、彼女は俺を好きになり、俺も彼女を好きになる、ふたりともが悪口を言う人間や妬み深い人間から離れて幸せに生きていけるはずだと答えた、そして俺との会話を終わらせようと次のように言った、もし俺がこの提案を受け入れるなら、彼女はヤシ酒を俺のところに運ばせる人間を必ず見つけ、毎朝おいしいヤシ酒を運ばせると、それを聞いて俺の心は本当に安らいだ、ディアボリックはふたりの幸福だけを望んでいるんだ、俺は手元にヤシ酒の瓶がある夢のような生活を想像してみた、この実りの多い彼女との会話の二日後には、僻地に行きたいという気持ちと、都会に残りたい気持ちが半々になっていて、後者の気持ちが強くなると終わりのない罠にかけられているんじゃないかと感じた、俺の心は本当に揺れ動いていたんだ、僻地行きか、僻地行きじゃないか、それが問題だ、悩んでいるあいだこれまでにないほど喉の渇きを覚え、ソヴィンコの赤ワインが飲みたくなった、ある日、もうどうしようもなくなって、たらふく酒を飲みに出かけたんだ、それからいつものように死ぬほど酔っぱらって帰宅し、大きな声で大好きな曲「信条のために死ぬ」[*1]を口ずさんでいた、すると、どこからかあのパイプたばこを吸う口髭の歌手が歌っているのが聞こえてきたんだ、まるで俺のために、ただ俺だけのために歌っているようだった、彼は低い声でこう歌った、「**彼らは私を説得することができた、私の横柄なミューズは自分の過ちをあらためて、彼らの信念に賛同した、しかしわずかな疑いは残っていた**」、それから警告するか

＊1　ジョルジュ・ブラッサンスの曲。

のように、はっきりと次のように続けた、「**さて、苦しくつらいことがひとつあるとすれば、魂が神のもとに戻るときに気づくことだ、自分が間違った道を歩んだことに**」、この歌詞を暗記していた俺は、間違った道は歩みたくない、間違った信条はもちたくないと思った、いつの日か時代遅れになるような信条に与するのはごめんだ、この歌手は俺に教えてくれたんだ、信条のために死ぬことを他人に求めるような人間はとてもじゃないが手本にはならない、いったいどうして説教してくる本人たちが僻地で暮らさないんだ、そう思った俺は内陸の僻地でひとり離れて暮らすことを拒否した、僻地でひとり酒飲みでいるなんてごめんだからな、この救済策を断固として拒否してしまったので、行政はこれを機に俺から公務を奪った、奴らは次のような手紙をよこしてきたんだ、「**親愛なる貴殿へ、貴殿の現在の状況に関して何らかの合意が得られるよう試みてきましたが、遺憾ながら、貴殿のほうで断固として意見を変えられるつもりがなく、ご自身の考えに固執されるということを確認いたしました、固いご意志のようですので、貴殿の希望に反して、我々は国民教育に関する規定によって定められた決定を行使することにいたします、この決定は重大な結果をもたらすもので、貴殿の役職を停止**

し、それに対する不服申し立てを認めないものとします、ただし熟考のための一週間の猶予を設けます、貴殿からのご返答がない場合、五月二十七日の深夜０時にこの決定は執行されることになります、その日を過ぎると、第七条の二のｅの規定も、一九七七年三月十八日法で改正された第三十四条のｆの規定も適用できなくなります」、俺は思った、「どうでもいい、俺には何の関係もない、それにこの文章に書かれていることは何ひとつ理解できない」、この出来事を友達になったばかりの《頑固なカタツムリ》のところに行って話した、ちょうど彼も自分の店を構えて住民ともめていた頃で、彼は俺のことを少し叱り、それから、どうにも仕方がないさ、いい日もあれば、悪い日もある、大切なのは髪を風になびかせながら立ち続けることだ、そして、失敗した天国のさらに偽物のようなこの世界と最大限うまくやっていくことだ、と言った、確かアフリカ人のニグロの詩人がそんなことを言っていたが誰だったかは覚えていない、きっとあとに続く才能のない詩人たちの多くは何とかこの詩人の真似をしようと途方に暮れたことだろう、かわいそうな追随者《エピゴーネン》たち言っておくが、ディアボリックはなぜ俺が酒に走るのか理解していない、彼女は自分なりにその理由を考えてはいた、彼女に言わせれば俺の母の死が原因ということらしい、だが、母の死についていったい何を本当に知ってるんだ、トロワ=サン地区の噂話以上の何が言えるっていうんだ、妻が俺の母の死を引き合いに出すのは好きじゃない、そうなると俺は怒ってしまうし、攻撃的になってしまう、それでもこれまでずっと自分の衝動はコントロールしてきた、怒りに身を任せるなんてことは一度もなかった、俺がこれまで片方の目がもう一方よりも小さい彼女の母を批判したことがあっただろうか、足が湾曲し股間にヘルニアのある彼女の父を批判したことがあっただろうか、だがディアボリックは好き勝手に振る舞い、このことを何度も話題にした、彼女は俺の母の死体を目覚めさせたんだ、永遠の眠りにつこうとしていた母の邪魔をした、そんなふうに死をもてあそんではいけない、物事は本来あるべき場所に戻さなくてはならないんだ、俺は母が死ぬよりも前から酒を飲みはじめていた、母の死のせいで酒量がますます増えたことは認めるけどな、だからディアボリックが、俺が度を越すほど酒が好きなことと、哀れな俺の母の死とを結びつけているのを耳にすると悲しくなる、そんな推測を許しておくわけにはいかない、むしろ母が死んだあとの数週間は酒の量が少し減ったくらいだ、そうすることが俺にとっての一種の喪であり、母への敬意だったんだ、俺が以前のような元気を取り戻したのは、母の体が腐敗し、彼女の魂がようやくエデンの園に辿り着いたはずだと確信できるようになってからのことだ

母がチヌカ川の濁った水の中で溺死したのは、彼女の落ち度じゃない、不思議な話だ、それでも、チヌカ川の濁った水よりも事態を明晰にするため、ごく簡単にその話に触れたいと思う、たとえ死んだらみな同じ肌の色になるとはいっても、死者をすべて一括りにしてはならない、プーレ・ビシクレットが完全に冷めてしまってもいいから簡単に触れておこう、プーレ・ビシクレットはこのあと食べるつもりだ、母があの世へと旅立った夜、彼女はものすごい悪夢を見た、それから起き上がり、目は閉じ、口は開けたままで、両手を前に出した、まるで目に見えない力、夜の影たちに押されているようだった、それから小屋のドアを開け

て、俺の父にふたたび会えることを期待して川のほうへと向かったんだ、俺は自分の父を知らないのだが、ルブル村では名の知れたヤシ酒作りの職人だったらしい、彼にはふたつの情熱があったという、ヤシ酒とジャズだ、彼は、コルトレーン、アームストロング、デイヴィス、モンク、パーカー、ベシェといった人々や、その他のニグロのトランペットやクラリネット奏者の曲を知っていた、ニグロたちは、そうした曲を綿畑やコーヒー畑で創作したという、先祖代々の土地を覆う憂鬱を抑えるためであり、何より、奴隷制を支持する主人たちから受けた鞭打ちのせいでもあった、この主人たちはカゴの中の鳥がなぜ歌うのかを理解できなかったんだ、俺の父は黒人の手が作った曲の中毒者だった、彼はそうしたトランペット奏者やクラリネット奏者の33回転や45回転のレコードを収集していたという、また、父は至近距離で魔術を受けて死んだらしい、銃弾を撃ち込まれたんだが、頭の後ろにも目がないと避けられなかった、眠っているときに背中から撃たれたようで、ルブル村の魔術師たちが忠告したにもかかわらず、父はいつもうつ伏せで寝ていたという、犯人は父のおじだったらしく、目的はヤシ酒作りの商売道具とニグロのトランペット奏者やクラリネット奏者の33回転や45回転のレコードを相続することだった、とはいえ母が俺にしようとした話は複雑すぎた、母は俺たちがなぜルブル村を出て都会に逃げたのかを正当化したかったんだ、善良な人々ばかりのあの村を母は出て行くことに決めた、その理由は何はともあれ俺を至近距離の魔術から守るためであり、死んでもなお父のことを恨んでいる連中から守るためだったという、母はあの神秘的な夜の襲撃のことを話しても俺がずっと訝《いぶか》しそうにしていたことをわかっていた、俺は当時二歳にもなっていなかったからな、自分が父に似ているかどうかもわからない、ただ皆が言うには、俺はあの軽蔑すべき男、卑怯にも冷酷な仕方で俺の父を殺し、ニグロのトランペット奏者やクラリネット奏者の33回転や45回転のレコードを相続したであろう男と同じ顔立ちをしているらしい、そういうわけで、母の死は、俺にとって父の死と同じくらい不可解なものでしかなかった、この善良な女性が亡くなったとき、新聞はちょっとした三面記事で、夜に起こった事故の類いとしてしか取り上げなかった、見出しは「チヌカ川の岸辺で老いた女性の遺体を発見」だった、だから俺はチヌカ川の傍を通るたび、川の水を罵り、地面に唾を吐き、不吉な水の流れの底をめがけて遠くに石を投げつけ、不当な仕打ちだと叫んでいるんだ母の話をはじめたのに父の影が束の間現れてしまった、本題に戻ろう、母の死もまたひとつの謎だった、彼女は悪夢に支配されて起き上がり、チヌカ川まで歩いて行った、そして細かい違いは別にしてそこで聖書の一場面を演じたんだ、あの世にいる俺の父のもとへ行こうとチヌカ川の濁った水の上を歩いたのさ、するとチヌカ川の濁った水は母を飲み込み、それから敷石みたいに岸辺に吐き出して、この水の中にお前のような骨と皮だけの体はいらないと告げたんだ、彼女の遺体を発見したのは地元の清掃業者で、遺体は意地悪な小魚と、不純な波の動きに退屈していた悪意のある魚たちによってあちこちつまみ食いされ、損壊していた、通夜は所有する区画内の俺たちの家で行われた、母の遺体はルブル村の慣習にのっとって、家の外にさらした、この件についてはディアボリックに礼を言いたい、母の件についてはすべて彼女が動いてくれた、この不幸な出来事に対して地元の住人から援助してもらうため一帯に香典願いのお知らせを回したのも彼女だったし、俺が死体を見たくなかったので身元確認のために死体安置所へ行ってくれたのも彼女だった、それから、ヤシの葉でできた納屋の下で葬儀のための女たちの集団を取りまとめたのも彼女だった、この女たちは競い合って泣き、泣き声で葬送のメロディを奏でた、ディアボリックは母の亡骸の周りで僥倖《ぎょうこう》を求めて飛び回る足を虫に喰われたうっとうしい蠅たちを追い払った、死体を洗うお清めを指揮したのも彼女だった、死体を洗うなんて誰にでもできるわけじゃない、それから、母の死を告知するためラジオに訃報通知を送ったのも彼女だし、この苦難の時期に俺たちを援助してくれた人々へ二回目のお礼の言葉を送ったのも彼女だ、喪の悲しみに暮れた数日間、ディアボリックは黒い喪服を身につけ、カオリンの白粉を顔に塗っていた、彼女は葬儀のあいだずっと断食していた、裸足で歩き、髪を梳《す》くことをやめ、男のほうを見ず、男と話すこともなく、男に挨拶もしないでいた、それが慣習だったのだ、つまり、いまからみれば、彼女は何ひとつ文句のつけようのない女性だったということになる

だがディアボリックはずっと、俺が酒に逃げたのは父のいないひとりっ子だっ

たからだと思い込んでいた、母の記憶を救うためにチヌカ川の濁った水を飲み干すことなんてできないから、赤ワインで恨みを晴らそうとしているんだと、そう思っていた、誓って言うが、俺は自分の人生を作り直したかったんだ、ばらばらになった人生のピースを継ぎはぎし、人生にあいた穴をふさぎ、ソヴィンコ・ワインとの付き合いをやめることを望んでいたんだ、だが、教師をクビになったのは俺のせいだったんだろうか、誓って言うが、俺は教えるのが好きだった、かわいい生徒たちに囲まれ、彼らに九九を教えるのが好きだったんだ、そして、誓って言うが、昼か夜か雨か天気かによって文法的一致が決まる助動詞の avoir を使った過去分詞の活用を教えるのも好きだった[*1]、かわいそうな子どもたちはどうしてよいかわからず呆然とし、ときには怒りだすこともあった、彼らは俺に訊いてきた、どうしてこの過去分詞は今日の十六時には文法的に一致しているのに、昨日の昼休み前の正午だと一致しなかったのと、俺はこう答えた、フランス語において重要なのは規則じゃなくて例外なんだ、お天気の機嫌次第で変わるフランス語の例外をすべて理解して記憶しておけば、規則はひとりでにやってくる、勝手にわかるようになるんだ、お前たちが大きくなって、フランス語は静かに流れる

＊1　avoir は英語の have に相当する。この説明はでたらめなものである。

大河じゃなく、あちこち迂回させるべき川なんだということを理解したら、規則や文構造なんてものは気にならなくなるはずさ

本来なら、俺は決して教師にはなれなかった、高等教育の免状を持っていないし、教員育成の学校を出たわけでもない、だが、免状はしばしば人生の事実をねじ曲げる、実際の職業は偶然の巡り合わせによって得られることが多いんだ、学校でズボンをすり減らすようなまじめな子がいい先生になるのは稀なことだ、俺はといえば、教師の道に無理やり入らされた、ケンゲ・ポーリーヌ中学校で二年次を終えたばかりの頃、国の教員不足のため、政府の決定で初等教育の修了証明があるものはみな教職につかなくてはならなくなった、こうして俺は教職につくことになり、現場で仕事を覚えることになった、首都から派遣されたハゲ男が俺たちに対して教育法の集中講義を行ったが、実際のところは独学で切り抜けた、このハゲ男はメガネをかけてインテリを装っていた、彼は、俺には才能がなく、フランス語を話すのが下手で発音もまずい、政府は俺みたいな無学な人間を子ど

もの人生の道しるべになる職業につかせて大失敗だ、と言った、この頃から、俺はあらゆる立場のインテリが嫌いになった、インテリと一緒だといつもそんな感じだ、議論はするが最後に具体的なことは何も提案しない、あるいは議論についての議論が終わりなく提案され、別のインテリがああ言ったこう言ったとか、すべて予言していたとかで引き合いに出される、それから自分のヘソをさすり[*1]、他人をバカや盲目扱いするのだ、まるで哲学せずには生きていけないとでも言わんばかりに、だが本当の問題は、こうした似非《えせ》インテリたちが生きることなく哲学しているということだ、彼らは人生を知らない、人生のほうは彼らが口にする哀れなノストラダムスの予言を裏切りながら進んでいく、彼らはお互いを褒め合うが、興味深いのは、こうした似非インテリはスーツ、丸メガネ、ネクタイを好む、ネクタイをしていないインテリは、自信をもって考えることができない裸の男と同じだからだ、しかし俺は自分のこれまでの人生を誇りに思っている、誰にも何の借りもない、俺は自分で自分の道を切り開いてきたんだ、ネクタイの結び方すら知らないが、それでも手に入れられるものは何でも読んできた、それでわかったことは、この世の誰もすべてを読むことなどできないということだ、すべてを

＊1　ヘソは体の真ん中にありエゴを意味する。フランス語で「自分のヘソを見る」とは、自信過剰で自己中心的であることの意。「ヘソをさする」もほぼ同義である。

読み尽くすには一生では足りない、それから、本当に価値のある本を読みそれについて語る人間よりも、悪書について語る人間のほうが多いということもわかった、悪書について語る人間は他人に対して厳しい、そんな奴らは消え失せてもらいたい、この世界には奴らのヘソ以上のものがある、だが俺の知ったことではないな、このノートは説教するためのものじゃない、人はそれぞれ自分なりに自分の庭を耕すんだ

誰もが俺を教職からクビにしたがっていることは明らかだった、アルコールが原因ということだ、クビになってちょうど二か月が経った頃、母の死体がようやく腐敗した頃だったが、ディアボリックは自分の両親の家で寝泊まりするようになり、俺たちには子どもがいなかったので自宅には誰もいなくなった、それで地元の泥棒たちが自宅に入ってすべてを奪っていったんだ、俺のテレビ、ラジオ、ダイニングテーブル、ベッド、本、とくに俺が愛読していたサン・アントニオの小説もだ、人生から切り離された奴らが知的な基準としてこれぐらいは

読んでおけという本よりもサン・アントニオの小説のほうを俺ははるかに愛していた、この窃盗団はすべてを奪い去ったんだ、奴らは俺が当時読んでいた『泥棒日記』[*1]まで持っていきやがった、きっと警察に捕まらないで窃盗ができるコツが書かれていると思ったに違いない、ディアボリックはこの窃盗をすべて俺のせいにして、俺たちのものを盗んだのは俺の酔っぱらいの友達だと言った、俺は、自分の友達は酔っぱらいではあるが、泥棒なんかじゃないと言った、すると彼女は、俺が友達をかばっていて、彼らとは共犯だと言い、「**私は去ります**」とおそらく深夜0時《ミニュイ》に書いた紙の切れ端を俺に残して、永遠に出ていった、その紙を裏返してみると、そこには、これもまたおそらく深夜0時《ミニュイ》に彼女が書いた「**終わり方を学ぶ**」という文字が見えた、これらふたつのメッセージ[*2]については何ひとつ理解できなかった、それから俺は彼女をあちこちで探した、トロワ＝サン地区の路地、繁華街、お通夜、ある日俺は〝ツケ払いお断り〟の前を歩く彼女を見かけた、夢かと思った、それで彼女のあとを走って追っかけた、俺は彼女に懇願してこう言った、「あの頃はよかったな、お前なしには生きていけない、もしお前が去ったら、俺はもうダメだ、家に戻ってきてくれ」、だが彼女は意見をまったく変えず、

＊1　一九四九年に刊行されたフランスの作家ジャン・ジュネ（一九一〇－一九八六）による自伝的小説。

＊2　これらふたつのメッセージはフランスのミニュイ社から出版されたジャン・エシュノーズ（一九四七－）とローラン・モヴィニエ（一九六七－）の小説のタイトル。

俺のことを頭からつま先まで見てこう言った、「あなたはもうダメよ、これから先ももう変わらないわ、私のことは放っておいて、かわいそうな浮浪者」

俺が〝ツケ払いお断り〟の常連客になりはじめたのは、教職をクビになった年からで、俺は《頑固なカタツムリ》との関係を深めていった、それからは調度品になるほど通い詰め、主人の《頑固なカタツムリ》から「いいか、《割れたグラス》、お前がもう少し物事が見える人間なら、ここで給仕として雇ってやるんだが」と言われるまでになった、俺は自分が物事が見える人間で、もし俺の明晰さを疑っているのなら、九九を尋ねてみてくれればわかると言った、すると彼は「いや、《割れたグラス》、商売は九九なんかじゃなく、明晰さが大事なんだ」と答えた、俺は自分は明晰だと言った、すると彼は笑った、俺たちは一緒に酒を飲み、なお笑い合った、その頃、俺はいつも同じ木のもとに通い詰め、そこで小便をしながら自分のこれまでの彷徨《ほうこう》の物語を語っていた、木は俺の話を聞きながら泣いていた、誰が何と言おうと、木だって涙を流すんだ、それからこの木の前でディアボリックを侮辱するときがきた、ディアボリックだけじゃなく、片方の目がもう一方よりも小さい彼女の母と、足が湾曲し股間にヘルニアのある彼女の父も侮辱した、とても苦しい時期だったが、この木だけが俺のことを理解してくれ、うなずく代わりに枝を揺らし、小さな声で、俺が哀れなやさしい人間で、社会は俺のことを理解していないと言ってくれた、ニグロが提督のところにコーヒー用の水を持っていくときに言うように、俺とこの木のあいだにはこうした長い長い会話が成立していたんだ、俺は葉で覆われたこの友に、神が俺を来世に呼んでくださったら、必ず木になって生まれ変わると約束した

それから俺は、本物の常連として〝ツケ払いお断り〟に入り浸った、〝ツケ払いお断り〟で朝まで過ごし、雨が降ろうと風が強かろうと、俺はこの第二の自宅を離れなかった、自分が他の場所にいる姿が想像できなかったんだ、まだ《禿の女歌手》ことママ・ムフォワが君臨する前の時代で、バーの入り口でベナンの老女が売っていた串焼きを食べたあと、よくスツールに座ってうとうと眠ったもの

だ、美しい人生だったんだ、ここにはっきりと書いておくべきだが、俺はそんな昔の日々を誇りに思っているんだ、俺が苦しい思いをしていたとか、退屈していたとか、ディアボリックが出ていったことを悔やんでいたとか、敵意を溜め込んでいたとか、俺の命を救ってくれなかった友人[*1]に手紙を書こうとしていたとか、自分の苦労に対して同情を求めていたとか、そんなことは誰にも言わせない

わりと最近、噂で聞いたことだが、ディアボリックはよき夫と暮らしていて、子どももいるらしい、俺にはどうでもいい、よき夫なんて存在しない、俺は彼女に必要な人間だった、俺以外の男は哀れな金目当てか、嘘つきでしかなく、彼女がボロボロになるまでもてあそぶつもりだ、あれ以来一回もヤッてはいないがそれでも俺は妬んだりしない、自分の性生活がタタール人の砂漠[*2]みたいになっていることはわかっている、前にも後ろにも何もなく、女の影だけが俺に語りかけてくるんだ、実際のところ、俺は遠く離れた恋に焦がれているんだ、愛とかその類いの魔物についてはまったく当てにならない、幸運なことにあの苦しい時期

＊1　『ぼくの命を救ってくれなかった友へ』はフランスの作家エルヴェ・ギベール（一九五五―一九九一）が一九九〇年に刊行した自伝的小説。

＊2　『タタール人の砂漠』はイタリアの作家ディーノ・ブッツァーティ（一九〇六―一九七二）が一九四〇年に刊行した小説。広大な砂漠が広がる国境付近の砦に配属された主人公は、敵の襲来に備えて不安な生活を送るも、とりたてて何も起こらない日々が続いていく。

にあっても、俺にはまだ酒瓶に対する愛は残っていた、酒瓶だけが俺を理解してくれ、俺に救いの手を差し伸べてくれた、俺がいまも愛し、これからも愛し続けるだろうこのバーに自分の居場所を見つけたとき、俺はここに来るすべての人間の行為や仕草に目を向け、しっかりと観察し、そして脳裏に焼きつけた、だから、俺がこのノートを書くことになった理由をもう少し正確に説明しておく必要があるだろう、そう、《頑固なカタツムリ》がどんな状況でどんなふうに俺にこの場所の記憶を書き、証言し、保存するよう頼んできたのか詳しく語っておこう

ある日、《頑固なカタツムリ》は俺を呼び出してふたりきりになり、内密な話のようにこう言った、「《割れたグラス》、お前には言うけど、悩みがあるんだ、じつは、ずっと昔からある大事な考えが頭から離れないんだ、お前、書いてくれないか、つまり、一冊の本を書いてもらいたいんだ」、俺は少し驚いて、「何について」と尋ねた、すると彼は〝ツケ払いお断り〟のテラスを指差しながら小声でこう答えた、「ここにいる俺たちのことを書いた本、カメルーンのニュー・べ

ルにある〝ラ・カテドラル〟を除けば、世界中どこを探しても見つからないこの場所についての本だ」、俺は笑った、何か下心があるはずだ、永遠の罠を仕掛けにきてる、そう思った、だが彼は言った、「笑うな、俺は真剣なんだ、お前は書かなくちゃいけない、お前ならできるよ」、それから彼の真剣なまなざしを見て、これは安っぽいジョークなんかじゃないってことがわかった、俺はこう答えた、「でも、バーの主人はあんただ、ここでの出来事を語るのはあんたのほうがぴったりじゃないか、俺は何からはじめていいかわからないよ」、すると彼は俺にワイングラスを渡し、それからふたたび声を上げた、「信じてくれ、俺は何度も試してみたんだ、でも何も出てこなかった、俺には物書き連中がもっているような書きたいって欲望がないみたいだ、お前の中にはそれがある、文学の話をするとすぐにわかるよ、お前は急に目を輝かせ、未練がましくなるんだ、だがそれは欲求不満なんかじゃないし、敵意でもない、だって俺は知っているからな、お前が欲求不満を溜め込んだ人間でも、辛辣で敵意に満ちた人間でもないってことを、お前は何にも後悔などしていない、そうだろ」、俺は黙ったままだった、彼は自分の話を続けた、「昔、お前がスポンジみたいに大酒を飲む有名な作家の話をしてくれたことを俺は覚えている、そいつの名前は何だったっけ」、俺は答えなかったが彼は続けた、「そう、あれ以来、俺は、お前が酒を飲みはじめたのは、名前を忘れちまったけど、あの作家の真似をしてのことなんじゃないかと思ってるんだ、今日お前に会ってこうして見ると、やっぱりお前は作家に向いた顔をしていると思う、それに、お前は人生をバカにしているだろ、人生なんて自分でいくつも創作することができるし、自分自身がこのクソみたいな世界という偉大な書物の登場人物にすぎないと思っているはずだ、お前は作家だ、そう思うし、そう感じる、だからお前は酒を飲むんだ、お前は俺たちと同じ世界にはいない、お前がプルーストやヘミングウェイ、ラブ＝タンシやモンゴ・ベティみたいな連中と会話してるんじゃないかって思う日があるよ、俺にはわかる、だから自分を解放するんだ、書くのに老いは関係ない」、いつもはグラス半分しか飲まない彼が一気にグラスを飲み干すのを俺ははじめて見た、彼は軍人風の口調でこう言った、「《割れたグラス》よ、お前の中にある情熱を見せてくれ、爆発しろ、嘔吐しろ、唾を吐け、咳をしろ、射精しろ、俺にはどうだっていいんだ、だが、このバーを、ここの人間たちを、とくにお前自身を題材に何かを書いてくれ」、この言葉はしばしのあいだ俺を黙らせた、俺は泣きそうになった、いつか話題にした酔っぱらいの作家が誰だったのかは覚えていない、いずれにせよ、酒を飲む作家は何人もいたし、現代作家の中でも死ぬほど飲む人間はいる、あの日、何だってあんなふうに《頑固なカタツムリ》は俺の心の中に入り込んできたんだ、俺は自分を守るために、何度も言った、「俺は作家じゃない、それにここの人間や俺の人生なんて誰が関心をもつんだよ、興味ないさ、ノートにつけておくようなことは何もないよ」、彼はすぐに反論した、「どうでもいいよ、そんなこと、《割れたグラス》、お前は書かなくちゃならない、俺は興味があるんだ、それだけでも十分だろ」、俺は彼から頼まれて鼻が高かった、本当のことを言えば、このときからアイデアが浮かびはじめたんだ、ずっと飲み続けていた赤ワインのせいか、《頑固なカタツムリ》に対して、俺が文章というものをどう考えているか説明した、俺にとって自分の考えを説明するのは簡単だ、俺みたいにまだ何も書いていない人間が文章について語るのは簡単だからな、俺は彼にこう言ったんだ、このクソみたいな国では、作家は誰もが即興で自分について語るが、奴らが書く言葉の背後に人生はひとつもないと、それから俺はこう続けた、独立大通りのバーのテレビでたまたまその種の作家たちを見る機会があったが、奴らはネクタイ、ジャケット、どぎつい赤色のスカーフにときおり丸メガネをして、パイプか葉巻を吸っていた、自分をよく見せるため、上品なブルジョワに見せるためさ、まるで自分は作品を残してきたと言わんばかりの風情で写真を撮り、時計じかけのオレンジみたいな自分の大きなヘソのことだけを話題にしてもらいたいんだ、連中の中には嫌われ者の作家を気取る奴もいて、自分の才能について確信しているが、実際にはそういう奴が書くものはスズメのクソでしかない、奴らは偏執狂で、辛辣で、嫉妬深く、妬ましい人間で、自分たちに対して絶えずクーデターが企てられていると主張し、たとえ自分にノーベル文学賞が与えられることになっても、自分は汚れた手をしていないから絶対にそれを拒否するなんて大言を吐くんだ、ノーベル文学賞なんて歯車であり、壁であり、魂の中の死であるというのが奴らの言い分だ、いつでもすでに賭はなされていて、文学とは何かと自問せざるをえない、このクソみたいなヘボ作家たちは自由への道を守るためにノーベル賞を拒否[*1]するらしい、俺はこの目でそれを確かめられる日を期待しているよ、それから俺は《頑固なカタツムリ》にこうも言った、もし俺が作家なら、神に謙虚でいさせ

＊1　『汚れた手』（一九四八）、『歯車』（一九四八）、『壁』（一九三九）、『賭はなされた』（一九四七）、『文学とは何か』（一九四八）、『自由への道』

てくださいとお願いするだろう、そして、世界の巨匠が書き残した作品を自分が書くものと比べられる力を与えてくださいとお願いするだろう、俺は天才に対しては賞賛を惜しまないが、周りにいる凡人には何も言うつもりはないね、俺は何としても人生に近いものを書くつもりだ、それも自分の言葉で書くつもりだ、捩《よじ》れた言葉、ほつれた言葉、支離滅裂な言葉で、何かが思い浮かんだらそれを書く、不器用に書きはじめ、不器用に書き終える、純粋理性や、方法や、音声学や、散文なんて俺にはどうでもいい、俺のクソみたいな言葉づかいを見ればわかる通り、きちんと頭で考えたからといってそれが明瞭に表現されるわけじゃない、考えたことを言うための言葉は簡単には出てきやしない、書くか生きるかのどちらかだ、そう、俺が書いたものを読んで、「いったい何なんだこの市場《バザール》は、このスーク[*2]、ごちゃ混ぜ、間違った語法の寄せ集め、記号の国[*3]、無駄話、文芸の最底辺への堕落、鳥小屋から聞こえる雛鶏の鳴き声は、本当にまじめに書いたものなのか、どこがはじまりで、どこが終わりなのかもわからない、クソッたれ」と言わせたい、そしたら俺は悪意をもってこう答えるだろう、「この市場《バザール》こそ人生だ、俺の穴ぐらに入ってみろ、埃やゴミだらけだ、それこそ俺が考える人生だ、お前らのフィ

（一九四五―一九四九）はいずれもフランスの作家・哲学者ジャン＝ポール・サルトル（一九〇五―一九八〇）の著作。「魂の中の死」は『自由への道』第三部のタイトル。サルトルはノーベル文学賞を辞退した。

＊2　アラビア語で「市場」を意味し、アラブ世界でのいわゆる商店街を指す。

＊3　『記号の国』はロラン・バルトが一九七〇年に刊行した日本を題材にしたエッセイ。

クションは、他の能なしたちを満足させるための能なしの草案だ、お前らの本の登場人物は俺たちがどうやって日々のパン代を稼いでいるかなんて理解できないだろう、それは文学じゃなくて頭の中のマスターベーションなんだよ、体をこすり合うロバたちみたいに内輪だけで理解し合っているにすぎないんだよ」[*1]、それから俺は《頑固なカタツムリ》に結論を言った、残念ながら俺は作家じゃないし、作家にもなれない、俺ができるのはただ観察し、酒瓶といつもの木に話しかけることくらいだ、俺がよく根元に小便しているあの木に、植物に生まれ変わったら隣で生きていくことを誓ったあの木にね、つまり、書くことは才能のある奴や飛び抜けた奴に任せたほうがいいと俺は思うんだ、単に教養を得るための読書をするときには俺が読みたいと思えるような書き手に任せたほうがいい、俺はなおも続けて言った、生きる歓びを賛える人、闘いながら、絶えず闘争領域の拡大を夢見る人、ポルカを踊るための式典を作り上げられる人、神々を驚かせられる人、恥辱の中でもがく人、自信をもって成熟の年齢へと向かう人、役立つ夢を作り出せる人、影のない国を祝う人、地上の片隅でトランジットの人生を送れる人、天窓から世界を眺める人、亡き父のようにヤシ酒を飲みながらジャズを聴く人、ア

＊1　原語の「ロバがロバをこする」は古くからある諺で、「たいしたことのない者同士が大げさに褒め合う」という意味。

フリカの夏を描写できる人、野蛮な結婚を物語れる人、はるか遠くタニオスの魔法の岩[*2]の上で瞑想する人、そういう人が書けばいい、俺はさらに《頑固なカタツムリ》に言った、強すぎる日差しが愛を殺すことを思い出させてくれる人、白人男性の涙、幻のアフリカ、黒人の子どもの無垢を予言する人、そういう人が書けばいい、俺はなおも続けた、犬が暮らす町を作る人、《印刷屋》の家のような緑の家を建てる人、慎ましい庶民やホームレスや石への共感をもてる人が暮らす涙の家を建てる人、そういう人が書けばいい、俺は言った、そう、そういう人たちが書けばいいんだ、だから頭のイカれた人間、日曜日の午後に二束三文の詩を書く詩人はごめんだ、かつての戦闘的態度とは反対のノスタルジーに浸ったセネガル狙撃兵たちもごめんだ、連中はニグロがカバノキや、石や、埃や、冬や、雪や、バラや、美のための美について語ることを望まない、キノコみたいにあちこちに生えてくる原理主義者もどきもごめんだ、奴らは数が多い、文字の高速道路を渋滞させるのも、宇宙の無垢を冒瀆するのも、この時代の本当の文学を汚染するのも、あいつらなんだ

*2 『タニオスの岩』は、レバノン出身のフランス語作家アミン・マアルーフ（一九四九－）の一九九三年の小説。とりわけ《割れたグラス》のこの前後の発言には、さまざまな文学作品のタイトルからの引用が溢れている。

そんなふうに《頑固なカタツムリ》に説明すると、彼は言葉を失っていた、俺が特定の誰かに腹を立てているか、錯乱したとでも思ったようだ、彼は俺が誰の話をしているのか尋ねてきた、俺の口から名前を聞きたかったんだ、だが俺は答えなかった、ただ空を見上げて微笑んだ、彼は何度も俺が怒っているか尋ねてきたが、俺は怒っていないと答えた、どうして俺が怒るんだ、怒る理由なんてなかった、俺は本来そうあるべき道理を説いたにすぎない、自分がクソだと思うこと と、賞賛すべきだと思えることを分けただけだ、彼が俺に一冊のノートと一本の鉛筆を渡したのもその日のことだった、そのとき彼はこう言った、「もし考えが変わったら、いつでもそこに書いてくれ、それはお前のノートだ、プレゼントするよ、お前はきっと書くはずだ、何かが思い浮かんだらそれを書けばいい、たとえばいまお前が言ったようなことだよ、文字の高速道路を渋滞させている本物と偽物の作家や、ノーベル文学賞を辞退した作家や、原理主義者や、日曜詩人や、ノスタルジーに浸ったセネガル狙撃兵や、独立大通りのバーのテレビで見たスーツを着た作家について言ったことだ、どれも面白い話だよ、お前はそれをいくらか誇張してもいい、俺がノートを読むときにどうやったら俺が熱中するかを考えろ、そう、俺はお前が書いたノートを読みたいんだ、さっきお前がいったい何を言いたかったのか俺にはよくわからなかった、だがそれを全部このノートに書けばいいと俺は思ったのさ」、それ以来、彼を喜ばせるために、俺は自分の話や印象を乱雑に書き連ねた、ときには自分の楽しみのために書くこともあった、書くことに没頭し、これが任務だということを忘れているときはとても気分がよかった、飛んだり、跳ねたり、《頑固なカタツムリ》以外の読者、知らない読者に話しかけることもあった、どんなこともありえると思えた、それから《頑固なカタツムリ》は俺に一度だけこう言った、「お前が最後のピリオドを打つまでは、お前が書いたものは読まないと約束するよ」、このノートは俺がいつでも自由にしてよかった、モンペロかデンガキに「赤ワインのボトル二本と俺のノートを持ってきてくれ」と頼む日もあった、そうすると俺のところに赤ワインのボトルが二本とノートが運ばれてくる、俺は酒を飲み、少しノートに書き殴り、観察した、そんな感じで俺はこれまで幸せだったんだ、自由だった、だが、もうこのノートに書くのはやめよう、もうすぐここに通うこともなくなる、そう思うと、胸が少し締めつけられた、だから、これまで書いてきたノートを少し見直さなくちゃならない、それに、もう冷えきったプーレ・ビシクレットを食べ終わらなくちゃ、食べないまま自分の人生を遡るのに時間をかけすぎた、でもそれは必要なことだったと思う、これから少し時間をとって飯を食うことにしよう、何食わぬ顔をしているが、腹が減りすぎて穴があきそうなんだようやく俺はプーレ・ビシクレットを食べ終わった、これから独立大通りの反対側の《禿の女歌手》のところに皿を返しに行く、だがその前にこの赤ワインのグラスを飲み干そう、数秒しかかからない、いずれにせよ時間はもはや重要じゃない、《印刷屋》があいかわらずいるのがわかる、彼は最新号の『パリ・マッチ』を読む人たちに囲まれている、そんなことはどうでもいい、関係ないことだ、俺には他にやることがある、俺は立ち上がり、これから独立大通りを渡ることにする、きっとできるだろう、左右どちらからも車は走ってこない、俺が盲目でない限りそのはずだ、バイクも走ってない、見た限りは人力車も通っていない、よし、やり遂げた、俺はやりきったんだ、勝鬨《かちどき》を上げてもいい、それは当たり前にできることじゃなかった、俺は大通りを渡りきると、《禿の女歌手》が見えた、彼女も俺が近づいてくるのがわかり微笑んだ、彼女はいつも微笑んでいる、俺は彼女の前に立った、彼女はなお微笑みながらこう言ってきた、「《割れたグラス》、今日は時間をかけて食べたんだね、お腹が空いてなかったのかい、それに、見ているといまにも地面に倒れそうだよ、ああもう本当に、そんなお腹になって、いったい何リットル飲んだんだい、パパ」、俺は、まだ飲んでいない、酒は今朝から一滴も飲んでないよ、と答えた、そんなふうにアフリカの独裁者の別荘くらい大きな嘘をベラベラとつきながら俺は笑ったが、もちろん彼女は信じなかった、「飲んだって言う酔っぱらいを見たことがあるかい、ねえパパ、そんな奴いないよ、それに『*Momeli ya massanga andimaka kuiti té mama*』[*1]なんて歌詞もあるくらいだからね」、俺は一度もこの歌を聞いたことがなかった、彼女が言うには、この歌はオルケストル・トゥピュイサン・オーケー・ジャズ[*2]という川向こうの国[*3]の神話的なグループの曲らしいが、俺はあの国のことをよく知らない、たぶんザイコ・ランガ・ランガ[*4]とアフリサ・アンテルナショナル[*5]の曲を何曲か知って

＊1　リンガラ語で「酔っぱらいが酔ったって言うのは難しい」。

＊2　「TPOKジャズ」の名で知られるザイール（現コンゴ民主共和国）の国民的バンド。フランソワ・ルアンボ・マキアディ（通称フランコ、一九三八－一九八九）によって一九五六年に結成。アフリカの伝統音楽にジャズやキューバ音楽の要素を取り入れ、その後のアフリカのポピュラー音楽に多大な影響を与えた。ギターをはじめ複数の楽器のアンサンブルが特徴をなすその音楽は「ルンバ・コンゴレーズ」、「スークース」、「リンガラ・ポップ」などと呼ばれる。

＊3　コンゴ川を挟んで対岸のコンゴ民主共和国。

＊4　ニョカ・ロンゴ（一九五三－）やパパ・ウェンバ（本書60ページの注1を参照）らが一九六九年に結成したザイール（現コンゴ民

いるくらいで、それで全部だ、俺は彼女に本当のことを白状した、「わかったよ、ママ・ムフォワ、本当はほんの一杯だけ飲んじまったんだ、でもほんの一杯だけ、それだけだ、本当だよ」、《禿の女歌手》は同情する様子で不意に俺のほうを見た、彼女と知り合って以来、そんな真剣な表情を見せたことはなかった、彼女は頭を振りながらこうつぶやいた、「飲むのをやめなって言ったじゃないか、《割れたグラス》、酒瓶を手に持って死ぬことになるよ、パパ、あんたは地元の皆から愛されてるんだから」、どう答えていいかすぐにはわからなかったので、何も考えずこう言った、「これは内緒の話だが、今日深夜0時に俺は酒をやめる、誓うよ、約束だ、ママ・ムフォワ、もう二度とここへ足を踏み入れないつもりだ」、他にも俺が彼女に打ち明けたかったのは、酒をやめるのは死ぬのが怖いからではないということだ、俺は酒瓶を手に死ぬのは怖くない、それどころか美しい死だと思う、武器を手に死ぬってよく言うけどそれと同じことだ、地獄か天国に行くときには何があってもおかしくないからな、すべては俺たちひとりひとりが通る狭き門によって決まる、入り口の門を間違える人間もおそらくいるだろう、天国にあるのはまじめなものだ、そこには真っ白な雲と物覚えのいい天使たちがいる

主共和国）のバンド。「TPOKジャズ」に続く世代を代表するバントとして、それまでのルンバ・コンゴレーズにロックやソウルミュージックの要素を取り入れ、さらに発展させた。

＊5　タブー・レイ・ロシュロー（一九四〇－二〇一三）が結成したザイール（現コンゴ民主共和国）のバンド。人気絶頂のバンド「アフリカン・ジャズ」をともに脱退したギタリストのドクトゥール・ニコ（一九三九－一九八五）らと一九六三年に結成したバンド「アフリカン・フィエスタ」を母体とし、幾度かの改名を経て活動を続けた。七〇年にはパリのオランピア劇場で公演を行うなど早い時期から海外でも活動し、前述のバンドとともにルンバ・コンゴレーズを代表するグループとして知られる。

らしい、天使たちは、エルサレム聖書を何度読んできたか、独立大通りを渡るのに何人の老婦人の手伝いをしてきたか、どの教会に繰り返し足を運んだのかを知りたがっている、つまり天国には酒を飲む手段はないってことだ、それこそが大切な口頭試験ということになる、天国では飲酒禁止なんだ、地獄のほうはというと、事情はやや同じで、ワインをほんの少し飲むことも難しい、というのも、悪魔が燃えさかる炎の中で鋭利なフォークを持って俺たちを待ち受けているからだ、もしワインを一滴でも飲ませてくれと言おうものなら、悪魔はいらだち、こう叫ぶだろう、「何だと、俺様に何をお願いしてるんだ、バカ者、煉獄まで来て俺たちをイラつかせるなんて、地上で十分に飲んでこなかったんだな、お前は暗い雲の山を抜けて、もう少し遠くの天国のほうに行くべきだった、残念だったな、地上で機会があったときにしっかり飲んでおけばよかったのに、ここでは下された評決に上訴はできない、黙示録の炎が燃え盛るこの場所では、すべてが灰になるんだ、それしかないんだよ、ここでは酒は飲むもんじゃない、火をつけたり、炎を大きくするために使われるんだ、さあこっちに来い、今度はお前が燃える番だよ、地獄とは他者のことだなんて信じていた哀れなバカめ」

言っておくが、俺は悪い奴じゃない、ヒステリーとかその類いでもない、ありえない、いくら深夜0時になるとグローブを外すと言っても、俺をそんなふうに扱うことは誰であれ決して許さない、俺はまともな人間だ、そうじゃなければ、自分が酔っぱらいじゃないと言っている人間がどうして九九ができないなんてことがあるだろう、二の掛け算はまだ大丈夫だろうが、九の段になると厄介になる、小数とか面倒なことが出てくるしな、俺は指や棒を使って計算したい気持ちを抑えている、計算機を見たことは一度もなく、現代数学なんて俺にはまったく関係ない、俺にとって酒瓶と九九は人生そのものだ、父にとってのジャズとヤシ酒、コルトレーン、モンク、デイヴィス、ベシエ、その他ニグロのトランペットやクラリネット奏者の曲がそうだったように、神自身が俺たちに増殖するよう命じたが、どのくらい増殖すべきかは明らかにしてくれなかった、それでも神は俺たちが増えなくてはならないと念押しした、俺は掛け算がとても好きだが、地理や文学のほうがずっと好きだった、ただ文学の勉強をたくさんしても、これ以上成果がでなかったことは確かだ、文学なんてどうしようもない、地理なら世界旅行をできたからまだ役に立っただろう、俺はきっと大河について詳しく調べていたはずだ、コンゴ川、アムール川、長江、アマゾン川、だが自分の目で見たことは一度もない、俺が知ってる唯一の川はボトルに入っている真っ赤な川だけだ、この深紅の川はいま俺が言った大河と同じく涸《か》れることはない、俺がこの二十年に飲んだ大量のワインを考えると、それが長くて静かな川でないとするなら、世界がどこに向かうかはもはやわからない、まあいい、川のことをくどくど話そうとは思わない、水は危険なものだ、母が「**天にましますわれらの父よ**」と言う暇もなく、息絶えるまで水をがぶ飲みしなくちゃならなかったことを知り、俺はなお怒りが収まらないそれでもここに書いておこう、自慢するつもりはないが、何とかして俺は世界各地を旅したんだ、生まれ故郷しか知らない人間だと思われるのは心外だ、そんな短絡的な考えは俺には受け入れられない、飲みすぎたワインのせいで、若い頃にずっとやっていたことを忘れたわけじゃない、俺は自分が生まれたこの狭い土地から出ることなく旅をしてきたのさ、文学の旅とでも呼べる旅を、ページをめくるたびに川のただ中を進むオールの音が鳴り響いた、俺の冒険旅行では国境にぶつかることはなかったし、だからパスポートを見せる必要もなかった、偏見をできるだけ遠ざけ、気まぐれに行き先を決めていたが、奇妙な人々がひしめき合う土地で俺はいつも歓迎された、この旅がコミック本からはじまったのが偶然なのかはわからない、ある日、俺はアステリックスとオベリックスと一緒にガリアのある村にいた、それから自分の影よりも早撃ちができるラッキー・ルークとアメリカの西部にいた、それから少し時間が経つと、タンタンの冒険に驚いた、罠をかいくぐる巧妙さと彼の飼い犬のミルゥに感心したんだ、ミルゥは賢い犬で、どうしようもない状況でも主人を必ず助けようとした、そんな犬はここトロワ＝サン地区じゃあ見かけない、ここらへんの犬なんてゴミ捨て場の中で小骨をかじることにしか興味がない、ものをしっかり考えることはできないんだ、それから、あのゼンブラなる人物が、ツルからツルへと飛び回る筋肉隆々のターザンと同じように、俺をふたたびジャングルの世界へと連れ戻した、他にも、巧みに剣を使いこなす盟友ゾロや、どんな策略を使ってもカリフ[*1]になりたい嫉妬深いイズノグードがいた、覚えている限りはじめて横断したアフリカの国はギニアだった、俺は黒人の子どもで、鍛冶職人の骨の折れる仕事に魅了され、手にしっかり持っていたはずの葦《あし》を飲み込んだ神秘的な蛇が地を這う姿に興味をそそられた、それから俺はすぐに祖国に戻った、パンノキのとても甘い果実を味わい、いまではもう存在しないホテル〝ひとつ半の生命[*2]〟の一室で暮らした、そこでは、毎晩、俺の父が、ジャズとヤシ酒に囲まれ歓喜していたらしい、俺は起源の炎で自分の体を温めた、しかしまもなく再出発しなくてはならなかった、生まれ故郷の暑さに閉じこもっているわけにはいかず、偉大な悲歌、影たちの歌を聞くために、まだ行っていない大陸に足を運ばなくてはならなかった、隊商の最後の生き残りに出会

＊1　預言者ムハンマドの死後のイスラム教の最高指導者。

＊2　ソニー・ラブ＝タンシの一九七九年の小説。アフリカの架空の国を舞台に、歴代の独裁者たちと、反逆者であるマルシアル一族との戦いが描かれる。

うため残酷な町を次々と横断したかった、本当にここを出発したかったし、大陸を北上し、極北の孤独を生き、曲がりくねった川を眺め、アフリカの夏が照らす大きな家で暮らしたかった、それから大陸を離れ、別の暑い地方を発見し、マコンド村[*3]に侵入した、そこで百年の孤独、冒険、発見を生き、メルキアデスなる人物の魔術にかかり、愛と狂気と死の物語に魅了され、人間感情を知ることへと通じるトンネルをこっそりと抜けたんだ、最初に緑の家の扉を開け、それから賢人タゴールが厳かに唱える『ゴーラ』を聞きにインドに赴き、そして俺たちの友《印刷屋》の愛するヨーロッパ大陸を徹底的に調べ上げようと思った、外国人で、反抗的で、大雑把な俺は、雪の中を歩くドクトル・ジバゴという名の男の後ろを歩いた、そのときはじめて雪がどんなものかを知ったんだ、それからガーンジー島で亡命生活を送っていた別の老人[*4]がいた、皺で縞模様が入ったその顔を俺は哀れに思ったものだ、この老人は絶え間なく書き、墨でデッサンをし続けた、彼は疲れ知らずで、目の下の肉はたるみ、俺が近づく音にも気がつかなかった、彼はノートに、自分を追い詰め、眠れなくした君主、『小ナポレオン』というあだ名で呼んでいた君主に受けさせる懲罰を書き連ねていた、俺はそれを彼の肩ごしに

＊3　コロンビアの作家ガブリエル・ガルシア＝マルケス（一九二七－二〇一四）の小説『百年の孤独』（一九六七）に登場する架空の村。

＊4　フランスの作家ヴィクトル・ユゴー（一八〇二－一八八五）のこと。

読んだ、彼のような一流の人物のグレーヘアーに憧れ、世紀を生き抜いた長老のような豊かな髭を羨ましく思った、彼は幼年時代から「シャトーブリアンになるのでなければ、何にもなりたくない」などと言っていたらしい、俺がまだ月並みな人間だった頃、古い教科書『ラガルドとミシャール』の中で見つけた彼の不動のまなざしに魅了されたんだ、それから俺はフイヤンティーヌ通りの彼の住まいにいた、庭を通り抜け、バラ園の中に身を隠し、そこからあの反逆者で女好きの爺さんの様子をうかがった、彼の背中は曲がっていて、散らばった原稿用紙に顔を埋めて神経質そうに文章を校正していた、彼はときどき詩を書くことをやめ、絞首刑になった人間の絵を描きはじめた、俺は彼の住まいから数歩のところにいたが、仕事で疲れきった彼が何とか立ち上がる姿を目撃した、足のしびれをとるために外出し、少し散策したかったのだ、目が合うのが怖くて俺はそっとその場を立ち去った、この土地を離れ、トロワ゠サン地区に戻った俺は、よく大西洋のほうへ出かけて、ベナンの漁師にイワシを少し分けてくれるようせがんだ、アホウドリを見つけたと思える日までそれは続いた、この不器用な鳥は激しい波の上を永遠にさまよっているため翼は重くなっていた、その飛翔は訪れた土地やついていった船の輪郭を描いた、突然、漁師小屋のほうで、痩せこけた老人が俺に向かってしゃがれた声でこう言った、「若者よ、自己紹介させてくれ、私の名はサンティアゴ、漁師をやってるが、私の船はいつも空っぽだ、でも漁は好きなんだ」、サンティアゴはひとりの子どもと一緒に暮らしていた、その子は毎晩、サンティアゴが空っぽの船で帰ってくるのが悲しかった、だが俺は行かなくては、そこから去らなくてはならなかった、そんなふうにしてずっと旅をしたんだ、いつも何かわからないものを求めて、いまではもう昔みたいな忍耐力はないし、年々意欲もなくなっている、曲がりくねった川を流れる汚物のように俺も流れに身を任せているんだ最後にバーに来たのは、確か、少し休むのでしばらく書くことをやめると言った日だと思う、バーを去る前に、赤ワインを運ぶサヴィエム[1]のトラックが到着するのを見たんだ、ありえない量の赤ワインのケースが山のように積まれていて、同時にその周りを恐るべき子どもたちがぐるぐると回っていた、俺は思った、この国は本当にどうしようもない、だから恐るべき子どもたちがいまこうやってワインケースの周りを回っているんだなと、それからある男がこの高価な戦利品から子どもたちを追い払った、彼は子どもたちに、ワインは恐るべき子どもたちのためのものじゃない、君たちは成人するまで待たなくちゃいけない、いまのとこ

＊1　フランスのグルノーブルにあるトラックやバスの製造会社。

ろはグレープフルーツジュースか、ギゴーズやベベ・オランデやブレディラック*2の粉ミルクか、ガキの年齢にふさわしいおもちゃで我慢しておけと言った、恐るべき子どもたちはひどく怒ってその場を去ったが、俺は夢想しはじめていた、こんな無数のボトルの中のどれが最初に俺の曲がりくねった喉を通ることになるんだろうかと、そのあいだに倉庫係が無関心な様子ですべてのケースをトラックから降ろしていたが、それを見て俺はいらだった、この男は酒瓶に対してほとんど敬意というものをもっていない、自分の日々のパン代はその酒瓶のおかげで稼げているというのに、俺はそんな哀れな酒瓶に同情するんだ、酒瓶は互いにガチャガチャとぶつかり、押し合いへし合いで、ローブローを喰らわせ合っていたが、それでもケースの中ではまっすぐに立ち続けていた、倉庫係はすべてのケースを俺の隣に積み上げた、俺は《頑固なカタツムリ》に、明日じゃなくてあとで払う、という合図を送ってそこから適当にひとつボトルを抜いた、そしたら彼はこう言ったんだ、「問題ないよ、《割れたグラス》、お前だったら心配ない、他の奴なら信用しないけどな、ずっと前からツケ払いはお断りだ」、これこそ友情、《頑固なカタツムリ》と俺との固い友情だ

*2　ギゴーズ、ベベ・オランデ、ブレディラックはいずれもヨーロッパの粉ミルクのブランド。

酒が配達されたその日、俺は〝ツケ払いお断り〟に平和に座っていたが、突然、分厚い四層のパンパースを穿いた男がピエロのザパタ[1]みたいな赤鼻を前に突き出してやってきた、どこから来たのかはわからなかったが、たぶん、パンドラの箱からだろう、だが、とにかく彼は俺の前にいた、少し息切れしていて、髪が逆立っており、ヴードゥーの儀式の候補者のように肌は粉塵にまみれていた、靴は片足しか履いておらず、一日中しゃべりすぎたみたいに口からよだれが垂れていた、彼はもう俺が知っている人物ではなかった、別人みたいだったんだ、手からミカンを奪われたばかりのかわいそうな子どものようなその姿を俺はすぐには見たくなかった、そう、俺は彼のことを見たくなかったんだ、まるで幼年時代の写真のことを考えてるみたいだったから、それに彼のケツにはハエがたかっていた、彼は俺のことを待ち望んでいたかのように、俺に会うためだけにここに来たかのように駆け寄ってきて、俺の目の前にまるで塩柱[2]のように突っ立った、ようやく俺は彼のほうに目を向けた、そのときの彼をとても変だと感じた、まるで解決

＊1　フランスの有名なピエロ、アシル・ザヴァッタのことだと思われる。

＊2　『旧約聖書』の「創世記」に出てくるロトの妻の塩柱のことだと思われる。ロトはその妻とふたりの娘とともに、神によって焼き尽くされた都市ソドムから逃れたが、後ろを振り向くなという神の使いの禁令を妻が破ってしまったため、塩柱にされた。

不可能な難題を解かなくてはならず、俺に助けを求めているかのようだった、そんな感じだったからだろう、俺は急いでその場を離れたいと思った、《パンパース男》は何も言わず俺の隣に座った、帽子のない国から来たゾンビのように座ったんだ、俺は何も言わなかった、「ノートはどこまで書いた、俺の話はちゃんと書いたんだろうな」、彼はそう尋ねてきた、俺は首を縦に振った、だか彼は信用できず、閉じたばかりの俺のノートのほうに視線を落とした、そしてまた妻との話をしはじめた、家の鍵を変えられたこと、消防士や警察のこと、とくに彼に手錠をかけた女性国籍の警官のこと、俺はろくに話を聞いてはいなかった、というのも、もう彼のことはすべて書いていたからだ、古いレコードを繰り返し聴くのはやはりうんざりする、彼は俺に言った、「おい聞いてるのか、《割れたグラス》、お前に話してんだぞ、ちくしょう」、俺は答えた、「もちろん聞いてるよ、あんたの話は悲しい、あんたは戦士だ、あんたの勇気には感心するよ、それほどの勇気は誰もが持ち合わせちゃいないからな」、彼は言った、「じゃあどうしてお前は俺の話をノートに書かないんだ、なあ、うまいことばかり言いやがって、俺をなぐさめるためなんだろ、わかってる、なぐさめるためなんだよな、本当は俺の話な

＊3　ハイチの表現で「死者の国」の意。ダニー・ラフェリエールが一九九六年に刊行した小説のタイトル。

んてどうでもいいんだろ、ひとりの道化師《プルチネッラ》の滑稽な破滅など興味ないよな、いいか、家では俺が何もかも支払ってたんだ、電気、水道、家賃すべて、信じてないんだろ、でも信じていると言ってくれ、ちくしょう、何でもいいから何か言ってくれよ、なあ、《割れたグラス》」、俺は答えた、「なあ友よ、あんたの話は面白い、あんたをバカになんかしちゃいない、信じてくれ」、すると彼は言った、「じゃあどう思うんだよ、俺のイカれた話について何か言ってくれよ、どう思うんだ、正直に話してくれ、俺はやはり、いま見ての通りに、本当にバカなのか、本当に道化師みたいな面をしてるのか」、俺は答えた、「これからも人生は続く、そうだろ、たとえあんたの妻が意地悪だったとしても、呪われたセクトの教祖とヤッていたとしても、これからも人生は続くんだ」、すると彼は傷つけられ、侮辱されたと言わんばかりにのけぞった、「いったい何を言ってるんだ、《割れたグラス》」、飛びかかってくるんじゃないかと思ったので、俺はやさしく言った、「俺はただ、あんたの妻が魔術師みたいな人だったって言ってるだけだ、彼女のことは忘れな、あれはもう終わったことだ、あんたはバカじゃないし、道化師でもない、あんたは繊細で、寛容で、率直な人間だ、あんたのことを表現する言葉を俺は持ち合わせちゃいないが、あんたはいい奴だよ」、だがどうやら火に油を注いだようだった、彼は声を荒らげながら言った、「それはダメだ、《割れたグラス》、ダメだよ、そんなふうに以前の妻を侮辱するのは絶対に許さない、どうして魔術師なんて言うんだ、なんでテレビに出ていた教祖とセックスしたとか、彼女は意地悪だとか言うんだ、そんなふうに言うのは、俺の話をちゃんと理解してくれていない証拠だ、いますぐお前のノートを読ませてくれ、思ってた通りだ、お前にはがっかりだよ、《割れたグラス》、本当にがっかりだ」、俺には意味がまったくわからなかった、いまこの男は俺をうんざりさせている、自分を追い出した女、監獄へと送った女、永遠にケツから何かが垂れる体にした女をこいつは擁護しているんだ、俺はなだめるような口調でこう言った、「俺はてっきりあんたが自分の妻のことを憎んでいると思ってたんだ、じゃあ彼女のことは愛してるんだな」、すると彼はこう言った、「もちろん俺は彼女を愛している、何だと思っているんだ、なんで、終わったことなんて言い方をするんだ、なあ、俺はずっと彼女を愛してる、それに、これから俺は皆と同じ普通の人間に戻るんだ、俺のケツもいずれ乾いて、もうオムツを穿くこともなくなるだろう、そしたら俺はまた妻を取り戻すんだ、俺たちはタムタムの音が聞こえてこない新しいロマンスを生きるんだ、俺は百合やホウオウボクについての詩を彼女に書くつもりだ、それから対岸のキンシャサに連れていくのさ、俺たちには六人の子どもがいるんだ、わかるだろ、軽く考えていい話じゃないんだ、俺はお前のことを信頼していた、だから自分の人生のことを話したんだ、でもお前は俺をバカにしている、終わったことだなんて言っただろ、本当のところ俺をバカにしてるんだ、わかってるよ、そのノートをよこせ、読むから、もしよこさないなら俺たちの仲も終わりだぞ、もっとも、俺について書いた部分はすべて消してくれ、俺の話を人に知られるのはいやだからな」、俺はなんと言っていいかわからなかったが、どうにかしなくちゃいけなかったし、雰囲気をよくしたかった、それで早口でこう言ったんだ、「友よ、俺はあんたがそんなふうに話すのを聞いて嬉しいよ、何であれ俺はあんたのすべてを応援している、信じてくれ、俺があんたのことをバカにするわけがない」、彼は聞く耳を持たず、さらに非難してきた、「いやいや、《割れたグラス》、お前がそんなふうに話すときは信じられない、まったく信頼がおけないね、俺にはわかる、俺には通用しないよ、嘘をつくんじゃない、イライラしてくるぜ、俺たちの仲も終わりだな、本当だよ、そのノートをこっちによこせ」、俺は立ち上がり、スツールにノートを置いてその上に座った、こうすれば彼も無理やりノートを奪うことはできない、俺は驚き、ショックを受けていた、この男がそんな口の聞き方をするなんて思ってもいなかった、俺は彼に言った、「どうしたんだ、友よ、俺たちのあいだに何か問題があるのかい」、それから、彼は本当に俺の神経を逆撫でしはじめたので、俺は大砲を、重量級の大砲をぶっ放した、「本当に言っていいんだな、クソ野郎、マカラ刑務所の囚人たちにケツを何度も何度も掘られてればよかったんだよ、喉に届くまでぶち込まれ続けてたらよかったんだ」、興奮してそんなことを口走ったが、彼はすぐにこう返答した、「お前さあ、俺がお前の話を知らないとでも思っているのか、なあ、俺は全部知ってるんだぜ、そのノートに書くだけの勇気があればいいんだけどな、だって自分のことは棚に上げて他人のことを話すなんてあまりに簡単だからな、俺は知ってるんだ、お前が、お前がなあ、偽善者だってことを、それも筋金入りの偽善者だってことをな、お前はただただ哀れな奴で、このバーでインテリを装ってる敗者にすぎない、お前なんて無価値、まったくの無価値だ」、彼はそう言った、少しずつ言葉が激しくなり堪忍袋の緒が切れる寸前だった、俺は事態を丸く収めたかった、「友よ、今日はいったいどうしたんだ、俺が望むのはお前の幸せだけだ、大人の会話をしようぜ」、すると彼は肘を曲げて握った右手の拳を突き上げて挑発し、こう言い放った、「クソ喰らえ、老いぼれのゲス野郎、原生林のヒキガエルめ」、どうにも解決策はなかった、それで俺は言ったんだ、「友よ、俺はお前をここから追い出すこともできるんだ、《頑固なカタツムリ》が俺の友人だってことは知ってるよな」、すると「あれは俺の友人でもある、彼はみんなの友人だ」と返し、さらに侮蔑した様子でこう加えた、「俺はお前の話を知ってる、《割れたグラス》、何から何までな、俺のことは騙せない、教壇に立っていたとき子どもたちに尻を見せたのはお前じゃなかったっけ、なあ、それから、お前の母親のことを話そうか、そう、お前の母親はこのあたりの飲んだくれでしかなかった、ズタボロになってチヌカ川で溺れたんだ、そう、小児性愛者はお前だ、俺じゃない、だからお前はトロワ・マルティールの学校をクビになったんだ、なにせお前は子ども時代の更衣室を汚し、若い芽を摘み、子どもに射精するような人間だからな」、この男は俺を挑発し、怒らせようとしたかったんだ、いったいどうやったら俺のことを小児性愛者なんて言えるんだ、どうして俺の母の記憶を汚し、彼女を飲んだくれなんて言うのかわからない、母は酒なんて飲まなかった、彼は俺の母と知り合いじゃなかったし、一度も会ったことはないはずだ、俺の母は俺の母だ、俺にとって母はまだ死んでいない、心の中で生きているんだ、俺に語りかけ、俺を導き、俺を守ってくれている、こんな侮辱、こんな挑発をやり過ごすわけにはいかない、自分のことを何だと思ってるんだ、俺は悲しみで胸が張り裂けそうになりながら震えていた、拳《こぶし》に毒蛇[*1]を感じながら、「**なんという怒り、なんという絶望、このような卑劣な行為のために俺はかくも生きてきたのか**[*2]」という類いの辛辣な言葉を口ごもった、だがそんなことはどうでもいい、俺はありえないほどの怒りに駆られていた、そして彼に言った、「このバーから出ていけ、死人みたいな面でふらつきやがって、半島で座礁した船員みたいな野郎だ」、すると彼はこう言い返してきた、「俺はここから動かないぞ、ここの主人はお前じゃない、老いぼれ野郎、もう潮どきだ、お前の時代は終わったんだよ、若者に席をゆずるんだ」、憎しみのタンゴを踊るカップルのように俺はすばやく立ち上がり、ぐるりと後ろを振り返ってから、彼のボロボロのシャツの襟をつかんだ、俺に力がよみがえってきた、力が湧いてき

＊1　『拳に毒蛇』はフランスの作家エルヴェ・バザン（一九一一―一九九六）が一九四八年に刊行した自伝的小説。
＊2　ピエール・コルネイユの戯曲『ル・シッド』（一六三七）の中の台詞。

たんだ、俺は雷鳴のごとく怒鳴り、吠え、唸《うな》り声を上げようと思い、そこらへんのオランジーナのボトルを揺するように彼を揺さぶった、顔面に俺の毒蛇の拳をお見舞いしたが、彼はそれが見えなかった、あたりの人々は叫び声を上げはじめ、中には永遠にケツの濡れたその男をぶちのめせという者もいた、そんなふうに毒蛇の拳を出すときの俺はとても危険だ、男はオムツの中にクソを漏らしてしまった、幼い頃に俺にお守りを作ってくれたのは母だった、彼女はひとりっ子の俺に強くなってほしかった、学校で殴られてほしくなかったんだ、俺の毒蛇の拳を喰らった奴はみな、その痛みをよく知っていたし、ボコボコになっていた、俺は《パンパース男》をなぎ倒し、俺も一緒に地面に倒れ込んだ、俺たちは埃まみれになりながら独立大通りの端の《禿の女歌手》のいるあたりまで転がっていった、地元民たちはみな外に出て見物していたと思う、観客は「**アリ、やっちまえ《ボマイエ》、アリ、やっちまえ《ボマイエ》、アリ、やっちまえ《ボマイエ》**」*1と大合唱だったが、それは俺がモハメド・アリで、彼がジョージ・フォアマンだったからだ、俺は蝶のように舞い、蜂のように刺す、彼のほうは扁平足の野菜みたいで、俺はパンチを巧みにかわした、殴り合いになっても勝つのは俺のほうだった、だってこの男は本当に闇市の野菜み

*1　ジョージ・フォアマンとのキンシャサでの試合で、1ラウンド早々にフォアマンから強烈なフックを浴びたモハメド・アリは、その後のラウンドでもしばらく劣勢だった。コンゴの観客は「アリ、ボマイエ」の大合唱で応援し、アリは8ラウンドに劇的な逆転勝利を収めた。本書34ページの注1（「モハメド・アリ」の注）を参照。

たいだったから、俺は彼にキックやヘッドバットを何発もお見舞いした、ときには自分が痛いこともあった、しかし彼は雨あられのごとく殴る蹴るされても、それを受けて耐え忍んだ、俺はもう手がつけられなかった、彼は自分が痣だらけで、五、六人を相手に喧嘩しているとさえ思ったほどだ、彼は鼻血を出し、ママに助けを求めてその場を立ち去ろうとしたが、俺は彼をつかまえ、揺さぶり、連れ戻してから、地面に倒したんだ、すると《頑固なカタツムリ》が左肩に雑巾をかけてバーから出てきた、そして、「通してくれ、何でもないから、皆あっちへ行ってくれ」と言いながら人だかりをかき分け、俺たちのほうへと走ってきた、群衆は非難の声を上げた、この不幸な見せ物を楽しんでいたからだ、《頑固なカタツムリ》は俺たちのあいだに分け入り、ふたりを同じテーブルにつかせてこう言った、「お前たちふたり、何なんだこのイカれた騒動は、俺の店でこんなことはごめんだ、どういう理由で悪魔みたいに殴り合ってるんだ、俺にまた面倒をかけたいのか、営業認可のライセンスが取り上げられるのがお前らの望みなのか、なあ、クソッ、お前たち大人だろ、それなのにガキみたいに振る舞って、この〝ツケ払いお断り〟じゃあこれまで一度も喧嘩はなかったんだ、これから当局が来て、ここはめちゃくちゃだと言いながら、店を閉めちまうかもしれない、俺の店でこんなゴタゴタはごめんだ、俺の言ってることわかるな、おい」、俺は言った、「奴のほうが俺を挑発してきたんだ、俺は喧嘩なんてしたくなかった」と、すると《パンパース男》が言った、「いや、嘘だ、誓ってもいいが、奴のほうから挑発してきたんだ、老いぼれの《割れたグラス》から、俺はボクシングなんていやだった、ただ俺の人生のことを書いてもらいたくなかった、それだけなんだ」、俺が「よくそんなふうに嘘がつけるもんだ、恥ずかしくないのか」と言うと、彼のほうも「お前のほうが嘘つきだ、お前は他人についてあることないこと書いている、自分のことを作家か何かだと思ってるのか、なあ」、俺たちはまたしても殴り合いをはじめそうになったが、そのとき《頑固なカタツムリ》が「やめるんだ、クソッ、もう十分だろ、何が本当かなんて知りたくもないが、とにかく酒瓶を二本開けて、仲直りするんだよ、ほら握手しろ」、俺たちは握手をした、すると喧嘩の続きを期待していた外の野次馬たちから拍手が送られた、それから俺たちは《パンパース男》と一緒に酒を飲んでこの一件を忘れた、俺は地面に放り投げられていたノートを拾い上げ、あたりをぐるっと散策することにした人にはそれぞれ心配事があるが、《パンパース男》の場合、ずっと前から心配でたまらなかったんだろう、何度も言っている通り、俺はこれまで人を挑発することは一度もなかった、これが俺にとってバーでのはじめての口論だった、だから俺はもう潮どきだって思ったんだ、彼との決闘ではかなりやれたし、まだ自分には力がある、暗雲が立ち込める俺の人生を邪魔できるのは《パンパース男》みたいなクソ野郎じゃない、俺は天国と同様、まだこの舞台でも威厳を保ち、廃墟となったこの場所の守護者であり続けるだろう、人はそれぞれクソのような問題を抱えている、あの男の知能指数は論争向けのものだったんだろう、もう骨董品になった俺では人のケツを蹴飛ばすことなんてできないと踏んだんだ、だが彼は理解することになった、恐竜はいつまでも恐竜で、時間の経過は何の影響も及ぼさないということを、この喧嘩以降、俺はもう絶対に彼のクソみたいな話は聞かないって決めたんだ、このノートから該当部分を破り取って、彼のなしくずしの死について記述されたそのページを燃やそうかとも思ったが、やはりそのまま残しておくだけでなく、さっきの小さな喧嘩まで書き残しておいたほうが面白いって考えたんだ、読者を退屈させないようピリッとしたスパイスは必ず必要だからな、だがもう《パンパース男》と話すことはない、俺は新しい人生哲学を採用することにした、それは単純で効果的なものだ、俺は決めたんだ、どんな画家に対してもあなたは才能があると言うこと、さもなくば彼らは噛みついてくるだろう、かつて誰がこの名言を言ったのかもう覚えていないが、確かすばらしい人間だったはずだ、死んだ自分の母を崇拝し、主《しゅ》に選ばれた女だと考えたすごくまじめな人間だった、というわけで、パンパースのオムツのこと、家の鍵を交換されたこと、女性国籍の警官のこと、放火癖のある消防士のこと、俺には一切どうでもいい、そんな無駄話はクソ喰らえだ、俺にはもう関係ない、これ以上、この話を耳にすることはないだろういましがた少し離れたテーブルで飲んでいる奇妙な男に時間を尋ねた、ここでは一度も見かけたことがない顔だ、その男は手に本を持っていた、タイトルは英語だったが、俺は英語を話せない、ただ本の表紙に暴れ馬の絵が見えた、ここからじゃタイトルは完全には見えない、それでも「イン・ザ・ライ」という単語だけは読めた、残りは男の大きな手で隠れていた、ともあれ俺はこの男に時間を尋ねた、彼は俺の顔をしげしげと見て、知り合いだと言わんばかりに微笑んだ、そして、いまは十八時と十八時半のあいだだよ、と言った、はっきりしない答えはいやだったので、「そんな時間の教え方はないだろ、十八時なら十八時、十八時半なら十八時半だ」、男は俺をじろじろと見て、大きな声でこう言った、「それならどっかへ行けよ、老いぼれ、お前はこのバーに座っているうちに白髪になっちまったんだ、クソのにおいもするし、いったいここでずっと何をしてるんだ、毎日ここで人を観察して、そのクソみたいなノートによくわからないことを書くよりも、孫にアマドゥ・クンバやモンドの話[*1]なんかを読み聞かせてやったほうがいいんじゃないか」、明らかにこの男は俺にブレストの喧嘩[*2]をふっかけてきているのでとっさには答えられなかったが、俺はこう思った、「時代が変われば風習も変わる、敬意と思いやりだけを求める老ライオンを前にホオグロヤモリたちは首を縦に振っている、その老ライオンは汚いロバのアリボロン[*3]から足蹴にされている有様だ」、この自惚れた野郎を黙らせたいという気持ちが生まれ、《パンパース男》と対立した日のように俺は拳に毒蛇を感じていた、だがそんなことをして何になる、人生にはもっと大切なものがあるだろ、英語の本を読む奴を相手に時間を無駄にする必要なんてない、だが怒りのあまり俺はこう尋ねた、「おい若いの、そんな口の聞き方をするお前は何者だ」、彼は少しのあいだ俺をまじまじと見てからこう言った、「はじめてこのバーに来たんだ、俺の名はホールデン」、俺

＊1　『アマドゥ・クンバの物語』（一九四七）はセネガルの作家ビゴラ・ジョップ（一九〇六－一九八九）の、『モンド』（一九七八）はフランスの作家ル・クレジオ（一九四〇－）の小説。

＊2　ブレストはフランス西部の港町。『ブレストの喧嘩』はジャン・ジュネが一九四七年に刊行した小説のタイトル。邦訳は『ブレストの乱暴者』。

＊3　アリボロンはフランスの作家ジャン・ド・ラ・フォンテーヌ（一六二一－一六九五）の『寓話』（一六六八－一六九四）に登場するロバ。

は首を横に振った、以前ならこの男に興味をもっただろう、彼はこれから自分の胸のうちを話し、そのクソみたいな人生使用法について、自分が生きている世界に対する幻滅について俺に語るだろう、この男は俺とは違う時代を生きているからだ、彼は自分が第二次大戦後の世界を生きていると思っているはずだ、しかしそんな衝撃的な話に感動したいとはもう思わない、みずからをホールデンと名乗るその男は奇妙な男で、少なくとも三十歳かそこらのはずだが、思春期の危機を迎えた若者のような見た目だった、丸々と肉づきがよく、顔はむくんでいて、靴には穴があいていた、彼はすでにこのバーの客たちの人生がいかに運命の刃《やいば》によって傷ついてきたかを知っていた、何にせよ俺にはどうでもいい、もう誰の話であっても聞く必要はない、俺は目を逸らしたが、この男は俺を見続けてこう言った、「インテリのあんたに、一番年配のあんたに、ひとつ質問をさせてくれ」、どうやら俺の好奇心を刺激するコツを心得ているようだ、どんな質問をしてくるんだろうと俺は考えた、最悪の事態も想定していた、彼はこう質問してきた、「冬になると寒い国のかわいそうな鴨たちはどうなるのか教えてくれないか、なあ、動物園に閉じ込められるのか、別の土地に向かって飛んでいくのか、それとも雪の中で動けなくなってしまうのか、なあ、あんたの意見を聞きたいんだ」、俺は目を丸くして彼のほうを見た、俺のことをバカにしているに違いない、この男は本当に頭がイカレてる、いまは何とか彼をやり過ごさなくてはならない、そこで俺はこう言った、「お前の話は聞きたくない、もうこのバーの誰の話も聞きたくないんだ、もうたくさん、鴨の話なんてどうでもいい、檻に閉じ込めるのか、雪の中で死ぬのか、それとも別の土地に飛んでいくのかなんて知ったことじゃない」、それから俺は彼に背を向けた、だが彼はふたたび問い詰めてきた、「俺の言うことを聞くんだよ、《割れたグラス》、これは命令だ、そのノートの中に俺の話も入れてほしいんだ、俺のことを書かないなんて不公平だよ、クソッたれの人生だが面白いことはいくつもあったんだ、言っておくが、俺はここの連中の中で一番偉いんだよ、だって『アメリカ行き』をやったからな」、俺は答えた、「そんなこと言っても無駄だ、その駆け引きじゃあ俺の心はつかめない、前にここの誰かが『フランス行き』をやったから自分が一番偉いんだなんて言ってたよ」、すると彼は言った、「ああ、だが俺は遠くから、とても遠くから来たんだ、同じじゃないよ」、「そんなことはどうでもいい、お前はこの俺、《割れたグラス》よりも遠くから来ることなんてできない」、すると彼は叫んだ、「何だって、飛行機にも乗ったことがないのに、遠くから来たなんて言うのか、なあ、笑わせるよ、山みたいに動かないでいる人間、それがあんただよ」、俺は答えず、彼から少し離れた、「おい、俺の話を聞きたいのか、どうなんだ」、「いや、遠慮しておく、もう我慢の限界だよ」、二メートルほどの距離なのに彼は叫んだ、「俺は遠くから、とても遠くから来たんだ、俺は青春時代の一部をアメリカで過ごしたんだ」、俺は答えた、「アメリカだからって考えは変わらないよ」、俺はきっぱりこの男に背を向けたが、彼は早口でこう言った、「クソッ、とはいえアメリカだぞ、世界でもっとも強い国だ、俺は何でもする、最終的には俺の話を聞いて、俺のアメリカ話を書くことになるよ、そうじゃなければあんたのノートには何の価値もないよ、何の価値もね、トイレットペーパーと同じさ」、彼はあいかわらず俺に向かって叫んでいた、「おい、《割れたグラス》、俺はふざけてなんかいないぞ、本当に教えてほしいんだ、冬になると寒い国のかわいそうな鴨たちはどうなるんだい、なあ、動物園に閉じ込められるのか、別の土地に向かって飛んでいくのか、それとも雪の中で動けなくなってしまうのか、なあ」

俺はノートから目を離し、バーの入り口に目を向けた、信じられないが、やってきたのは《蛇口女》だった、よく逆立っていた髪の毛を三つ編みにし、新しい腰巻きを巻いていた、そのオランダ産のワックス・プリントの腰巻きの中にはケツが投獄されていた、《頑固なカタツムリ》が笑みを浮かべていたので俺は不快になった、思ってることを《蛇口女》のところに行って告白するんだ、と言わんばかりの様子だった、しかしありえない、そんなことはやれない、もはやする価値もない、だが彼女はこうして俺の前にやってきた、少しのあいだ俺は彼女を見た、彼女は察して俺にこう言った、「なんでそんな目で私を見るんだい、私の写真でも欲しいのかい」、俺はこう言った、「何を言ってるんだ、《蛇口女》、お前がそこにいるなんて気づきもしなかったよ」、彼女は俺を指差して叫んだ、「嘘つき、私のことを追いかけてるんだろ、私がこんな格好をしてるから、男が私に気づかないとでも言いたいのかい、あんたは私のことを狙っている、狙ってるだろ、《割れたグラス》」、「誓ってもいいが俺はお前を見ていなかった、だけど、この他の男たちもお前に気づかなかったとは言っていない、俺は自分の話をしてるんだ」、彼女はふたたび叫んだ、「クソッ、気分が悪い、あんたまだ私の気分を悪くするんだね、どうして私を見なかったんだい、ねえ、どうして私に気づかなかったんだい、他の男のことなんてどうでもいいよ、なんであんたが気づかなかったんだよ」、「本当ことを言えば、気づいていたよ、でもお前のことを見ているなんて知られたくなかったから、気づいていない振りをしたのさ」、彼女は俺にこう返した、「私が太ってるって言いたいわけかい、だから私を見ない振りをしたんだね、私は太っている、そういうことだね、本当のことを言いなよ」、どうしてここ最近、揃いも揃って誰もが俺に反論してくるんだ、この場所の族長とも言える俺の力が秋に向かって凋落《ちょうらく》していることに気づいているということなのか、いまじゃ誰もが俺について何かしら言いたいことがあり、誰も俺のことを恐れちゃいない、俺はもう終わった存在で、一カペイカ[*1]の価値も、一CFAフランの価値もないと思われている、俺は自分が本当に老いてしまったんだと感じた、過ぎた月日が肩にのしかかり、もはや期待をもつこともなく、すべてにいらだち、事の推移を見失い、弱くなり、汚い攻撃をしてくる愚か者たちの相手をすることもできない、まずはあの《パンパース男》だ、朝五時に自宅の鍵を変えた妻の話を延々とし続けて俺をうんざりさせた、俺のほうは石炭商かユリシーズのやさしい犬のような純粋な心で同情を示したのに、《パンパース男》ときたら俺の母の記憶を非難したもんだから喧嘩になり、俺は拳に毒蛇を感じるほどだった、それから《印刷屋》がいる、《パンパース男》ほどひどくはなかったが、彼は『パリ・マッチ』でこちらを挑発してきた、それから今日会ったアメリカ出身らしきホールデンとかいうむくんだ顔の男だ、彼は冬になると鴨がどうなるかに関心があり、俺のことを時代遅れの老いぼれ扱いし、俺の最後の族長の秋を孫たちにモンドの冒険やアマドゥ・クンバの物語を読み聞かせるのに使えと言ってきた、俺に孫がいないのはわかるだろ、まったく、まるで俺が傷つけたみたいに誰もがピリピリ

＊1　ロシアの補助通貨で一ルーブルの百分の一。

していた、そしていまや《蛇口女》だ、なんて不運だろう、俺は機転をきかせて彼女にこう言った、「俺はお前と口論をしたくないんだよ、《蛇口女》、お前のことはすごく認めているんだ、本当だよ」、彼女は俺に言った、「嘘だ、認めてなんかいないでしょ、そもそも《頑固なカタツムリ》以外ここの誰のことも認めていないはずだよ」、俺は言い返した、「なんでそんなことを言うんだ」、「だってあんたは筋金入りの大嘘つきだから、あんたは息するみたいに嘘をつく、自分の白髪だってなかったことにしている、いつもいつもいつも嘘ばかりついているんだよ」、俺は言葉を失ったが、それでも小声でつぶやいた、「お前は間違っていると思うよ、《蛇口女》」、彼女はふたたび自分の歌を歌い出した、「そう、あんたは嘘つきさ、本物の大嘘つきなのさ」、このまま好き放題言わせておくわけにはいかない、俺は彼女を挑発した、「ひとつ例を挙げてみろよ、俺がいつどこでお前に嘘をついたか言ってみろ」、彼女は天を仰ぎ、少しのあいだ考え込んで俺にこう言った、「私にワインを一本でも、ほんの一本でもくれたことがあったかい、ねえ、ないだろ、一度もないよ、あんたは本当にケチで、自分勝手で、ぐうたらだよ、その上私のことをしっかり見たことすらない、私のことをペストみたいに嫌っている、そう、でもね、私の尻を追っかける男どもがどれだけいるか知ってるのかい」、俺は呆れた、そして彼女の目を見てこう言った、「ワインを一本持っていきな、俺が払うよ、俺にとって今日は大事な日なんだ」、すると驚いたことに彼女は拒否した、「いやいやいやいや、あんた私を誰だと思ってるの、物乞いや貧者だと思ってるんだろ、そんなことを言うなんて何様のつもりだい、あんたに何か頼んだことがあるかい、ねえ、いやらしいことをするために私を酔わせたいんだろ、そうだろ、バカ野郎」、彼女の声はとても大きかったので、あたりの喧騒を圧倒した、人々はこちらを振り返り、遠くで大笑いする声が聞こえた、いまや誰もがこのいざこざを見ていた、俺はただただ気まずかった、何とかしてこの状況から抜け出す方法を見つけたかった、しかし、どうすればいいのかわからなかった、彼女から一刻も早く離れたかったんだ、それで、さっき俺を罵倒した反抗的なホールデンの腕時計に狙いを定めた、彼はあいかわらず少し離れたテーブルに座っていて、他の人に尋ねていた、「冬になると寒い国のかわいそうな鴨たちはどうなるのか教えてくれないか、なあ、動物園に閉じ込められるのか、別の土地に向かって飛んでいくのか、それとも雪の中で動けなくなってしまうのか、なあ」、自分の場所から彼の首に大きな腕時計がかかっているのが見えた、そんなふうに腕時計をするなんて奇妙だった、まるで目覚まし時計みたいだ、たぶんそれがアメリカのやり方なんだろう、あいつらは極端なことが好きなはずだから、時間を読みとれた俺は叫び声を上げた、「なんてことだ、もう夜の九時じゃないか」

俺はバーを出ようとして立ち上がった、「そこを動かないで、《割れたグラス》、ワインを一本くれるって言ったじゃない、行かないで、でないと私たちの仲もおしまいだよ、一本おごってよ」、そう《蛇口女》が言った、「クソッ、もうたくさんだ、何が欲しいんだよ」、ついに俺はいらだってしまった、「どうしてイラついてるんだい、かわいい子だね、よくないよ、皺がまた増えてしまう、もうおでこは皺だらけなのにね」、彼女がそう言うあいだに俺はバーカウンターのほうへ向かった、《頑固なカタツムリ》は笑いながら赤ワインのボトルを差し出して耳元でささやいた、「おい、あの《蛇口女》とはヤッたのか」、首を振りながら俺は答えた、「彼女はどうかしてる、何でもかんでも俺のことを非難するんだ、良心の呵責《かしゃく》を抱いたままこのバーを出ていきたくはない、彼女に一杯おごってやるよ、ずっと俺にお願いしてくるもんだから」、するとバーの主人は言った、「ダメだ、《割れたグラス》、どこにも行っちゃダメだ、お前は家族の一員なんだから、泣き言はやめてくれ、あの女とヤッてきなよ、そしたら考えも変わるさ、俺が言ってるんだから間違いない」、それから彼はにやりと笑ってこう付け加えた、「お前のことが欲しいんだよ、火を見るよりも明らかだ、そう、彼女は本当にお前としたいんだよ、あいつは譲らないぞ、少し頑張ってみろ、彼女が連れ込み部屋に連れていってくれる、あるいは俺の部屋をひとつ使わせてやってもいいぞ」、俺には彼の言うことがあまり信じられなかった、それに俺自身は《蛇口女》と手合わせしたいとは思わない、むしろ彼女の姿を忘れたいくらいだ、意味のない攻撃で俺を苦しめてきたからな、俺の体力はもう尽きた、彼女に飛びかかる自分の姿なんて想像できない、もうそんなことには興味がない、俺は遠く離れた恋に焦がれているんだ、また堂々巡りになっている、独立大通りを歩いて新鮮な空気を吸おう、それから深夜0時にここを去るんだだが、立ち上がって決心したとき、目の前に《頑固なカタツムリ》がいた、「どこに行くんだ、友よ」、そう聞かれたが俺は答えなかった、彼は右手をつかみ、《蛇口女》とはどうなったのか尋ねた、俺は何も言わず、彼にノートを差し出した、彼は受け取ったが、すぐに俺はそのノートを彼の手から奪い返したくなった、いまは渡したくないと思ったんだ、取り返す理由はわからない、だが、奪い返そうとしても無理だった、ノートを返してほしいと懇願したが、彼はこう言った、「どうしてまたノートが必要なんだ、書くにはちょっと遅い時間だ、午後十時以降に書くことなんてほとんどなかったじゃないか、ノートを破りたいんじゃないのか、いまはノートを返すつもりはない、必要なら明日の朝に返すよ」、「いま返してくれ、確認したい内容があるんだ、必ずまた渡すから、俺はノートなんてどうでもいいんだ、破ったりしないよ、信じてくれ」、主人はパラパラとノートをめくり大声で言った、「ほとんど埋まってるじゃないか、白紙は数ページしか残っていない、いつの間にこんなに書き殴ったんだ」、俺は答えず、どうにか笑みを浮かべた、《頑固なカタツムリ》は俺に近づいてきてこう打ち明けた、「俺からの提案は変わらない、上の階で寝ていいよ、ほら鍵だ、《蛇口女》と一緒でもいいぞ、彼女には俺から言っておいた、彼女もいいって」、鍵は受け取らず、ノートのほうは何とか取り返した、俺はノートをざっと乱雑にめくって、《頑固なカタツムリ》に言った、「ほら、もう持っていっていいよ、任務完了だ」、彼は驚いた、「任務完了ってどういうことだ、まだ白紙のページがあるじゃないか」、今度はさっきよりも注意してノートをめくり、それから彼はため息をついた、「さっきはちゃんと見ていなかったけど、本当にめちゃくちゃだ、ピリオドがひとつもない、コンマばかりが続いていて、会話のときに引用符《ギュメ》がときどき使われているだけ、普通じゃないよこれは、ちょっと清書したほうがいい、そう思わないか、こんなふうに文章が詰まっていたら読めないよ、もっと空白、息継ぎ、小休止を入れるべきだ、そうだろ、お前にはもっと期待していた、少しがっかりしているよ、すまない、お前の任務はまだ完了していない、もう一度やり直してくれ」、俺は同じ言葉を繰り返した、「任務完了」、俺が彼に背を向けると、彼はほとんど怒鳴り声を上げた、「どこに行くんだ、《割れたグラス》」、俺は、バーから離れて新鮮な空気を吸うんだと答えた、「どこに行くつもりなんだよ、《割れたグラス》、お前の家はここだ、戻ってこい」、俺は言った、「すぐに戻ってくるよ」、ふたたび彼がノートをめくるのが見えた、それから彼は大きな声で、ノートの冒頭に俺が書きつけた戯言を読み上げた、**「つまり、バー〝ツケ払いお断り〟の主人から一冊のノートを渡されたので、俺はそれを埋めなくちゃならなくなったってわけだ、彼は、この俺、《割れたグラス》なら本を書けると頑なに信じていたんだ、というのも、ある日、俺が冗談まじりで、スポンジみたいに大酒を飲む作家の話なんかをしたからなんだ、そいつは酔っぱらうと道端で拾われたりするような奴だったんだが、主人は何でも額面通りに受け取る人だから、まったく冗談なんて言うもんじゃなかったよ」**

人混みをかき分けて行こうとしたが無理だった、モンペロとデンガキが声を揃えて俺を呼び止めた、「《割れたグラス》、こっちだ、こっちに来てくれ、ノートを受け取れよ」、俺はノートと鉛筆を受け取った、すでにバーの外に出てはいたが、さっきの《頑固なカタツムリ》との会話は生中継のように、現在形でここに書いておくことにしよう、これから俺はサーモンと旅をする、チヌカ川沿いを歩いて母のもとに行くつもりだ、「**私の息子、《割れたグラス》、愛しているよ、たとえゴミクズのようになったとしても私はお前を愛している**」、そう言ってくれるだろう人生でたったひとりの女性、その母を連れ去った川の水を大量に飲むんだ、そう考えるとすでに口元はほころんでいた、彼女は俺の母だ、この世でもっとも美しい女性、もし俺に十分な才能があれば、俺は『我が母の書』[*1]という題の本を書いていただろう、もうそんな本が書かれていることは知っているが、それでもよいものは多いに越したことはない、それは未完の書、幸福の書、孤独な最初の人間の書、驚異の書となるだろう、俺はすべてのページに俺の感情、愛情、後悔を書きつけるだろう、それから母に涙の家を[*2]、天国にいる天使たちの女王となれるよう、翼の生えそうな家を建ててあげるんだ、そして、こんなクソみたいな人生を、ソヴィンコの赤い水と絶えず衝突し続けたひとつ半の人生を母に謝るだろう、赤ワインの瓶のカーブを尻のようにずっと舐め回すことに幸せを感じてきたが、そのことを許してくれと母に言うつもりだ、彼女はもちろん許してくれるはずだ、「**息子よ、お前が選んだことだから、私にはどうしようもないわ**」、そう言ってくれるだろう、そして彼女は俺の幼年時代、過ぎ去った幼年時代の話をしてくれるだろう、女手ひとつでどうやって俺を育ててくれたのか、父が死んだあとルブル村からどうやって逃げたのかを話してくれるだろうし、クイクー[*3]の公立学校に入り、二時間かけてひとりで歩いて通っていたことを話してくれるだろ

＊1　ギリシャ出身でスイス国籍の作家アルベール・コーエン（一八九五―一九八一）がみずからの母を失ったあとに書いた自伝的小説。一九五四年刊行。

＊2　原語は『いまにも泣きそうな家』で、レバノン出身のフランス語作家ヴェヌス・クーリ＝ガータ（一九三七―）が一九九八年に刊行した自伝的小説のタイトル。暴力的な父親が支配する家庭で育った作者とその兄弟姉妹の人生が描かれる。

＊3　ポワント＝ノワールの中のひとつの地区。

う、コート・ソヴァージュの沿岸を走っていた頃は、幼年時代のさまざまな出来事を、鏡を見るように思い出していたものだ、あの頃、俺は大人になりたくなかった、十二歳を過ぎると人生はクソでしかなくなるから、幼年時代はもっとも高価な宝物だ、残りの人生はヘマと失敗の寄せ集めでしかない、若い頃は何でも好奇心をもって眺めていた、このあたりの海域には、半身が女、半身が魚のマミワタと呼ばれる生物が住んでいるという伝説を疑いもしていなかった、その頃、海は果てしなく伸びていて、さまよい続けて翼が重くなった鵜《う》が砂岸に来て休んでいた、好奇心に溢れていたあの頃、いったい何度、底知れぬ海の中で何が繰り広げられているか不思議に思ったことだろう、俺は当時、海が祖先たちの棺で、海水の塩の味は祖先たちの汗の味だと信じていた、そう信じていたので俺はコート・ソヴァージュの子どもとなり、港に行かない日は一日もなかった、母は何も言わず、父の声はなかったので、俺は飛んでいって夜になるとマグロを持ち帰ることができた、母はそのマグロをさばいてくれた、俺は母が小さな切り身をアルミの鍋の中にひとつずつ入れていく様子を眺めていた、食事のときは静かだった、やさしく悲しげな声で母は俺に言ったものだ、「もうコート・ソヴァージュには行かないでおくれ、あそこでは人が命を落としてるんだ、悪霊がいるんだよ、昨日、砂浜にふたりの子どもが上がったんだ、腹はパンパンに膨らんで、目は引きつっていたって、お前にはそんなふうになってほしくないんだ、それでも行くんだったら、私もついていくよ、お前なしじゃ生きていけないからね、私がいまもこうして生きているのはお前のためなんだよ」、ああなんてことだろう、そう言われた翌日には早起きして、授業をサボり、そっと海運会社のトラックに忍び込んでいたんだ、ブレーキの使い古されたそのトラックは港湾で働く労働者を仕事場に運んでいた、彼らが俺をトラックから降ろすことはなかった、つらい仕事をときに手伝ってくれるそういう子どもたちには慣れていたからだ、彼らは少し押し合って場所を作り、コート・ソヴァージュの子どもたちをトラックに乗せていた、港に到着すると俺は思いきり深呼吸した、ここが自分の世界だと思っていた、口からよだれを垂らしたくる病の犬たちの群れがいた、奴らもまたふらふらとさまよっていた、渦巻きのようにくるまったその尻尾を眺めていたが、奴らは鵜やアホウドリと魚の残骸を取り合っていた、それからどこから来たのかわからないハエが、巣箱の周りのミツバチみたいにブンブンとたかっていた、俺は水平線をじっと見つめ、どうやって一日をはじめようか、家にマグロを持って帰れるだろうかなどと考えていた、俺よりも筋肉のある、海の仕事をクビになった他のコート・ソヴァージュの子どもたちと競争し、それに負けて手ぶらで家に帰ることもよくあったからだ、いつもより子どもの数が多いこともあれば、漁師たちの気前が悪く、俺たちに罵詈雑言を浴びせ船から追い払うこともあった、小魚一匹を取り合うことになるので、できるだけ早く動かなくてはならなかった、水平線に小舟を見つけたら、俺たちは歓喜の叫び声を上げ、押し合いながら、海の中に一斉に入っていった、海で働く人々に、とにかく自分は網を触ったし、舟を砂浜につけるのを手伝ったということをアピールしなくてはならなかったんだ、そして、彼らがお礼に魚をわけてくれるまでその場を一歩も動かなかった、とはいえ、とくにマグロを一匹家に持ち帰ることが一番の願いだったんだ、そう、それが俺の幼年時代だ、俺ははるか昔のあの頃のことを思い出していた、ランタンの光で本を読んでいたこと、母からは読書は目をダメにする上に何の役にも立たない、読書をしていると目が見えなくなると言われたこと、それでも俺は本を読んだ、いつも背中を丸め、額に汗をかきながら、俺は言葉が持つ秘密を発見し、言葉の髄にまで入り込んだ、俺は自分の目をダメにしたかった、すべてを読み尽くし、この世の無教養な人間にうんざりするインテリは近視だとずっと思っていた、そうした無教養な人間にいやがられるために近視になりたかったんだ、俺は小さな文字で書かれた本を読みたかった、近視になるにはそういう本がいいと人に言われたからだ、その証拠にトロワ＝サン地区を訪れたほとんどのヨーロッパの司祭たちは近視で大きなメガネをかけていた、おそらくエルサレム聖書を数えきれないほど繰り返し読み続けたからだろう、そんなふうに、いつかヨーロッパの司祭たちのように大きなメガネをかける日を夢見ながら、そして、いつか自分がインテリで完璧な人間で、たくさん本を読んできたということをこの世界のすべての人に言える日が来るのを期待しながら、俺は大きくなった、だが俺が待っていたそんな日が訪れることはなかった、視力はまったく失われなかった、理由は神のみぞ知る、おそらく視力は俺の中でもっとも若いまま残り続けてしまったんだ、不公平な話だが、それが人生だ、どうしようもない、だがもう少しすれば俺は母と向き合ってふたりきりになれる、いまから二時間もしないうちにだ、ふたりで長いあいだ話し続けるつもりだ、深夜0時ちょうどに、俺はこの狭い川の奥底に沈む、あとは橋を渡りさえすればいい、そうすればすぐに冒険がはじまる、母のところに行けるのだから幸せだろう、〝ツケ払いお断り〟にはもう《割れたグラス》はいなくなる、はじめて割れたグラスが神の力で修復されるんだ、そしたらあの世から、口元に笑みを浮かべながらようやく小さな声でこうつぶやける、

「任務完了」と

行かなくちゃいけない、もうここでやるべきことはない、このノートも手放さなくては、だがどこに捨てればいいんだろう、わからない、なぜか俺は振り返って〝ツケ払いお断り〟のほうを見た、人混みをかき分けながら書き続けているので、俺はイカれた人間だと思われている、そこでホールデンと名乗るあの男とすれ違った、彼は反抗期特有のバカげた言葉を俺に向かって吐きながら、こう尋ねたんだ、「なあ、《割れたグラス》、冬になると寒い国のかわいそうな鴨たちはどうなるのか教えてくれないか、なあ、動物園に閉じ込められるのか、別の土地に向かって飛んでいくのか、それとも雪の中で動けなくなってしまうのか、なあ、知りたいんだ」、彼は見事に同じことを暗唱していた、何度この質問をしても語順すら変わっていない、俺は彼に言った、「ホールデン、そんなことは、お前が寒い国にいたときに、そこの鴨に尋ねたほうがよかったとは思わないか、なあ、それってお前が手に持っている本の中に書かれていることなんだろ、絶対にそうさ」、彼は俺を見て、とてもがっかりした様子で、こうつぶやいた、「お前はいやな奴だな、鴨が好きじゃないんだろ、そうなんだろ、わかるよ、でも本当に知りたいんだ、だって、あのかわいそうな動物たちを待っている運命なんて想像できないだろ」、彼は泣き出した、彼の首に大きな腕時計がかかっているのはわかっていても、俺はもう一度時間を尋ねた、丁寧に尋ねたが、彼は教えてくれなかった、「冬になると寒い国のかわいそうな鴨たちはどうなるのか教えてくれないなら、俺も時間は教えないよ」、彼は俺のすぐそばまで近づいてきて、少しのあいだ俺を見て、それからもうすぐ深夜0時だと言った、俺はノートを差し出してこう言った、「友よ、これを《頑固なカタツムリ》に渡してくれ、お前のことも書かれているが絶対に中は見ないでくれ、でもお前の人生については書きたくなかった、それに、十分な時間がなかったからな、お前は俺に話すつもりだったんだろ、寄宿舎の寝室で友達のひとりに顔を殴られたことや、マンハッタンをあちこちふらついていたことや、ニューヨークにいたこと、冬のセントラル・パークで鴨を見たことなんかを、なあ、そんな大きな目で俺を見るなよ、俺はニューヨークに行ったことがないし、誰からもお前の話を聞いてないんだ、ある意味でお前は俺を侮辱したんだ、まあ気にするな、自分のワインを味わうんだ、そして生きろ、あの世で再会しようぜ、そしたら一緒に一杯やろう、自分の人生を詳細に語ってくれてもいい、お前の質問にも答えるつもりだ、冬のあいだかわいそうな鴨たちがどうなるのか教えてやるよ、じゃあな坊や、俺は行かなくちゃ、天国が俺の場所だ、もし悪意のある天使たちが、天国へと通じる大きな門に行かせないよう俺にでたらめを教えても、大丈夫、俺は窓から入るつもりだ」

訳者あとがき

もし、この訳者あとがきを先に読んでいる人がいれば、教訓や思想はないかもしれないが、この小説がとにかく心底面白いということをまずはお伝えしたい。句点（ピリオド）がひとつもなく、数え切れないほどの文学作品のタイトルが引用符なしで散りばめられており、形式的には実験的と言える作品だが、実験的小説がしばしば難解であるのとは異なり、内容は明快で面白く、そして少し悲しい。一軒のうらぶれたバーに集まる人間がそれぞれの人生を語ることで、矛盾と騒乱と暴力と笑いに満ちた「市場《バザール》」のような現代世界がその姿をあらわす。紋切り型だが、他に類書のない面白さだと言っておきたい。

＊

コンゴ共和国の港湾都市ポワント＝ノワールの、庶民的な地区にあるバー〝ツケ払いお断り〟で、滑稽なまでに悲しい人生を送ってきた人々が、酒を飲みながら自分の傷について語り、それを、《割れたグラス》と呼ばれるひとりの男がノートに書きつけていく……。これが本書のあらすじだ。そう聞いて、わたしたちはどんな場景を思い浮かべるだろう。そもそもコンゴ共和国はどこにあるのか。そこではどんな言葉が話され、人々はどんなものを食べ、どんな生活を送っているのか。庶民的な地区にあるバーというのは、下町にある立ち飲み屋みたいな感じだろうか。多くの人は、コンゴ共和国に何のイメージも持っていないと思う。それは普通のことだ。世界には二百近い国があり、ほとんどの国については、行ったこともなければ、どこにあるかすらもわからない、というのが現実だろう。「世界を見ると……」とか「グローバルな視点では……」といった言い方を耳にするが、その「世界」や「グローバル」は、たいてい特定の国や地域のイメージをもとにつくられた「世界」や「グローバル」でしかない。それはさておき、この小説をはじめて読んだとき、ネットで見た著者マバンクの姿や、アフリカの写真や動画の記憶をもとに、私もまた想像の中で自分なりのポワント＝ノワールと、自分なりのバー〝ツケ払いお断り〟をつくり上げ、そこで個性豊かなキャラクターたちが酒に酔って想像を絶するエピソードを語るのを楽しんでいた。そして、まったく知らない国についての空想をかきたてられるうちに、こんなバーがあるかもしれないコンゴ共和国を少しでも自分の目で見てみたいと思うようになり、二〇二二年の夏に思い切って行ってみた。はじめてのアフリカで不安だったが、コンゴ共和国に隣接するもうひとつのコンゴ、つまりコンゴ民主共和国で幼少期を過ごした友人のパトリック・ドゥヴォスさんが一緒だったので心強かった。ポワント＝ノワールには行けず、首都ブラザヴィルに二週間強の滞在だったが、多くの人に出会い、マバンクについて、そしてコンゴの文学や芸術や政治について話を聞くことができ、コンゴ川沿いのバーやレストランにも足を運ぶことができたので、『割れたグラス』の世界を少し体験できたような気になれた。行ってみてわかったのは、物語に登場する呪術師（間違いがゼロかどうかはさておき）やプーレ・ビシクレットを売るママ、「フランス行き」を自慢する男などは現実に存在しているということだ。とくに呪術師は、いかにもアフリカっぽくて、マバンクが紋切り型をあえて非アフリカ圏の読者にむけて利用しているのかとすら思ったが、町を歩いていると、手書きで呪術師の広告が木の幹に貼られていたし、現地の人からも「合理的じゃないことは十分わかっているが、呪術はひとつの文化で、金持ちや政治家はたいてい呪術師を雇うんだ」と説明を受けた。呪術師を含む信じられないようなエピソードが詰まった『割れたグラス』の世界は、もちろん虚構ではあるものの、同時に、マバンクが生まれ育ったコンゴの文化や習俗が生き生きと描かれてもいるのだ。

『割れたグラス』の大きな魅力のひとつは、文章そのものが酩酊していることにあるだろう。登場人物はみな、ひび割れたグラスのように人生に傷つき、酒を飲むことをほとんど唯一の慰みにしている。酔った彼らが話すエピソードをノートに書き殴っている《割れたグラス》もまた酔っているのだから、その記述にどれほど信頼が置けるのかはわからない。あれだけ元妻の非道について恨み言を吐き散らした《パンパース男》が、次に登場したときには、妻のことは愛している、お前のノートに書いてあることはでたらめだ、と騒ぎ立てる。しかし、でたらめなのが《パンパース男》なのか、それとも《割れたグラス》なのかは読者にはわからない。文章が酩酊しているというのにはもうひとつの意味もある。冒頭で少し述べたように、この小説には、世界文学——現代アフリカ文学、アフリカの伝統的な伝承、古典から現代にいたるヨーロッパ文学、ラテンアメリカ文学、アメリカ文学、アジア文学——のタイトルと、よく知られた歴史的名言とが、意味ありげにたくさん散りばめられていて、その過剰さから、いささか「文学酔い」をしそうになる。文学好きの読者には、誰の作品かを特定するという楽しみもあるかもしれないが、そうした知識がなくとも、物語の内容を理解するにはまったく問題はない。英訳版の裏表紙には、「『割れたグラス』には世界文学の中から百七十の古典作品のタイトルが含まれています。もしすべてわかったら、このアドレスまでぜひ連絡してください」と書いてあるが、個人的な感覚としては、百七十以上ある気がする。すべてを特定できているわけではなく、また、これは誰々の作品のタイトルである、といった注をいちいち入れる必要もないと思われたが、文脈上、どうしても不自然だと思われる表現や言い回しで、それが文学作品のタイトルである場合は、最低限の注をつけさせていただいた。最低限といっても、それなりの量になってしまったので、物語を楽しんでいるのに注へと飛ばされるのは興ざめだという人は気にせず無視していただきたい。

＊

著者について紹介しておこう。アラン・マバンクは、一九六六年に本作の舞台ポワント＝ノワールで生まれ、大学進学までを過ごした。これまで発表された小説のほとんどがこの町を舞台にしている。八九年に、奨学金を得てフランスに渡り、ナントとパリの大学で法学を修め、九二年からはスエズ・リヨン水道社で法律コンサルタントとして十年ほど働いた。学業や仕事の合間に詩を書き、出版を断られる日々が続いたが、九五年に転機が訪れる。ある日、フランスに来てから一度も帰っていない祖国から、早朝四時のパリの小さなステューディオに、母ポーリーヌ・ケンゲの訃報が届く。「葬儀のためポワント゠ノワールでは皆が私の帰国を待っていた。電話は鳴りっぱなしだった。ある親戚は帰ってこいと急き立てた。叔母のドロテは、戻らないなら命を絶つと脅してきた。いとこのキウアリは、一番早い飛行機に乗らなければ不幸になるぞとわめきちらした」。文字通り、茫然自失の状態で、電話に出ることもやめ、止まったままの時間をしばらく生きた。午前も終わる頃、ぼんやりしたまま、ようやく近くの商店に足を運び、いくつかのロウソクと、束になった白紙を購入したマバンクは、部屋に閉じこもり、引き出しから取り出した母の写真を壁に貼り、タイプライターに用紙をセットして書きはじめた。三日間、書き続けた言葉は、詩集『彷徨の伝説』として、同年出版されることになる。この詩集によって、彼ははじめて自分が詩人になったと確信したのだった。それまで書いてきた詩、自分の人生からではなく、抽象的な読書から作られた詩を彼はすべて捨て去った。「詩が話題になると、母を、ポーリーヌ・ケンゲを思い出す」。マバンクにとって、詩とは失った母と遠く離れた祖国そのものだった。

母と祖国を主題にした詩集をその後も数冊発表したのち、一九九八年に最初の小説『青‐白‐赤』を、続いて二〇〇一年に『神のみが私の眠りを知る』を刊行する。詩から小説へと移行したマバンクは、二〇〇二年、作家活動に専念するために辞職し、レジデンス制度を利用してアメリカへ渡る。小説を書きながらミシガン大学でフランス語圏文学について教鞭をとったのち、主にアフリカ文学を教えられる教員を募集していたカリフォルニア大学ロサンゼルス校（UCLA）に採用され、二〇〇六年に正教授として迎えられて、現在にいたる。UCLAでは、アフリカ文学をはじめとしたフランス語圏文学のほかに、クリエイティヴ・ライティングの授業も担当している。アメリカ移住以降、『ウェルキンゲトリクスのニグロの孫たち』（二〇〇二）、『アフリカン・サイコ』（二〇〇三）、『割れたグラス』（二〇〇五）、『ヤマアラシの回想』（二〇〇六）、『ブラック・バザー』（二〇〇九）と立て続けに小説作品を発表したが、彼の名声を高めたのはフランスの大手出版社スイユからはじめて刊行された本作『割れたグラス』だった。それ以前の小説については「かなりきびしい批評を受けた」と『若きセネガル人小説家への手紙』（二〇二三）の中で回顧的に語っている。本作はフランコフォニー五大陸賞を受賞し、多くの言語に翻訳された。これ以降、彼の作品のほとんどはスイユ社から刊行されることになり、新作が出るたびに大きな話題となっている。『割れたグラス』の続編とも言える『ヤマアラシの回想』はフランスの主要な文学賞のひとつであるルノドー賞を受賞した。そのほか『もうすぐ二〇歳』(二〇一〇)、『小さな唐辛子』(二〇一五)、『死者たちの取引』(二〇二二)などの小説を発表し、国際ブッカー賞ファイナリストに二度ノミネートされ、二〇二二年には国際ブッカー賞の審査員も務めている。『割れたグラス』もそうだが、これら小説の多くはやはり母ポーリーヌ・ケンゲに捧げられており、本作後半部で《割れたグラス》が亡き母を思い続ける姿は、マバンクとどうしても重なる。渡米後は、文学理論や批評の書き方も学び、アメリカにおける人種や同性愛の問題を主題に数々の作品を残した黒人作家ジェイムズ・ボールドウィン(一九二四—一九八七)に宛てた手紙という体裁で、はじめての批評的エッセイ『ジミーへの手紙』を二〇〇七年に発表している。以後、『黒人のすすり泣き』(二〇一二)、『世界は私の言語』(二〇一六)、『私たちを見る女』(二〇二四)など、エッセイや評論も数多く発表している。

アメリカの大学で教えながらフランス語で執筆を続けていたマバンクのもとに、二〇一五年、フランスで最も権威のある教育機関コレージュ・ド・フランスから、

「芸術創造講座」の招聘教授の依頼がきた。マバンクはこの依頼を承諾し、翌年、フランスのアカデミアの最高峰で、フランス語で書かれた「アフリカ文学」についての講義を行うことになる。二〇〇四年に創設されたこの年間講座を作家が担当するのははじめてのことで、ＵＣＬＡでのように「創作」に関する授業を期待されたのかもしれないが、マバンクは、フランスのアカデミアにおいてほとんど不在だったアフリカ研究を正面切って導入することにしたのだ。そのことの意義は私たちが想像するよりもはるかに大きい。

邦訳にはすでに『もうすぐ二〇歳』（晶文社）と、コレージュ・ド・フランスでの『アフリカ文学講義』（みすず書房）があるが、このたびこうして代表作『割れたグラス』を日本の読者にお届けできることを大変嬉しく思う。先述したルノドー賞受賞作『ヤマアラシの回想』も国書刊行会から刊行予定なので、楽しみに待っていてほしい。

＊

本書は Alain Mabanckou, *Verre Cassé*, Seuil, 2005 の全訳である（底本としたのは、二〇一七年にポワン社から刊行された文庫版）。翻訳に際しては、英訳版（*Broken Glass*, translated by Helen Stevenson, Serpent's Tail, London, 2011 [paperback]）を参照した。原文は口語的な表現が多く、戸惑うこともあったが、英訳に何度か助けられた。日本語の訳文には「ホモ」や「狂人」、「ホッテントット」など、現代からみて不適切だと思われる言葉があるが、原文と物語の世界観を尊重し、そのままの訳で残すことにした。侮蔑的とされる「ニグロ（négre）」という言葉も、同様の理由からそのまま訳出し、「黒人（noir, black）」とは訳し分けている。

フランス語について、マチュー・カペルさん、アミラ・ゼグルールさんにいつものごとくたくさん助けてもらった。この場で深く感謝を申し上げたい。最初は渋谷のカフェで翻訳に関する質問をしていたが、ほどよい時間帯だったのでお酒を飲みはじめ、そこから恵比寿の日仏会館でのパーティーに移動して、さらに飲酒しながら、数時間にわたって辛抱づよく質問に答えてくれた。私を含め三人とも酔っ払ってはいたが、訳文が酩酊していないことを心から願っている。また、千駄木のブックバー〝ブーザンゴ〟がなければ、この翻訳は存在しなかっただろう。本作の登場人物ほどではないにしても、バーの主人である羽毛田顕吾さんや、韓国人翻訳者の崔盛雄さん、若きコピーライターの吉村優作さんなど、みな個性豊かな人生を送っており、人生どうでもよくなるときには、閉店後の〝ブーザンゴ〟に行って一緒にお酒を飲んでいた。そこの常連のひとり、国書刊行会編集部の川上貴さんが、「アフリカ文学の愉楽」という新しい叢書の第一弾としてこの企画を実現してくださった。装幀やレイアウトなどのデザインを担当してくださった羽毛田さんと共に、川上さんには心から感謝している。最後にアラン・マバンクさんにも御礼を申し上げたい。私がコンゴ共和国へ旅立つ直前、福島亮さんとともに、パリでお会いする機会を設けていただいた。短い時間ではあったがインタビューすることができ、プライベートや執筆環境のことなども伺えた。よくみずからを「ワタリドリ」になぞらえるマバンクさんが、海を越えていつか来日してくれることを願っている。

二〇二四年十二月十三日

桑田光平

本書には、今日の人権意識やジェンダー観にそぐわない表現が含まれていますが、作品に差別的意図はない点を考慮し、原文に沿って訳出し刊行いたしました。

【著者紹介】

アラン・マバンク（Alain Mabanckou）

1966年コンゴ共和国ポワント＝ノワール生まれ。首都ブラザヴィルの大学で学んだのち渡仏、法学を修める。その後は法律コンサルタントとして働く傍ら、詩人として出発する。

最初の小説『青－白－赤』(1998年）はブラック・アフリカ文学大賞を受賞し、一躍注目を集める。2005年に発表した本書『割れたグラス』ではフランコフォニー五大陸賞をはじめ数々の文学賞を受賞、翌年発表の『ヤマアラシの回想』(本シリーズで刊行予定）ではフランスでもっとも権威ある文学賞のひとつルノドー賞を受賞する。以降、現代アフリカ文学の最重要作家のひとりとして、その作品は二十以上の言語に翻訳され、活躍の幅を世界的なものへと広げていく。

2006年よりカリフォルニア大学ロサンゼルス校の教授としてフランス語圏文学とクリエイティヴ・ライティングを教える。2015年には国際ブッカー賞のファイナリストに選出、さらには作家としてはじめてコレージュ・ド・フランスの招聘教授に着任する。2022年の国際ブッカー賞では選考委員を務める。

邦訳書に上述のコレージュ・ド・フランスでの講義録『アフリカ文学講義』(みすず書房）と自伝的作品『もうすぐ二〇歳』(晶文社）がある。

【訳者紹介】

桑田光平（くわだ・こうへい）

1974年広島県生まれ。東京大学教養学部・大学院総合文化研究科教授。専門は20世紀フランス文学・芸術。東京大学文学部で英米文学を学んだ後、同大学院でフランス文学を専攻。修士号取得後、リヨン高等師範学校、リヨン第2大学、パリ第4大学、パリ第8大学でフランス文学ならびに現代美術を学ぶ。2009年、パリ第4大学でロラン・バルトに関する博士号取得。2022年より現職。

主な著書に『ロラン・バルト　偶発事へのまなざし』(水声社)、『世界の8大文学賞 受賞作から読み解く現代小説の今』(共著、立東舎)、『東京時影 1964 / 202X』(共編著、羽鳥書店）など。訳書にロラン・バルト『ロラン・バルト　中国旅行ノート』(筑摩書房)、バルテュス／セミール・ゼキ『芸術と脳科学の対話』(青土社)、ジェラール・マセ『つれづれ草』、パスカル・キニャール『もっとも猥雑なもの』(水声社)、ティフェーヌ・サモワイヨ『評伝ロラン・バルト』、ジョルジュ・ディディ＝ユベルマン『われわれが見るもの、われわれを見つめるもの』(ともに共訳／水声社）など多数。

LITERA-AFRICA
collection

アフリカ文学の愉楽

第１回配本

割れたグラス

二〇二五年四月三十日　初版第一刷発行

著　者　アラン・マバンク

訳　者　桑田光平

発行者　佐藤丈夫

発行所　株式会社国書刊行会

〒一七四-〇〇五六　東京都板橋区志村一-一三-一五

電話　〇三-五九七〇-七四二一　ＦＡＸ　〇三-五九七〇-七四二七

URL: https://www.kokusho.co.jp　Mail: info@kokusho.co.jp

印　刷　中央精版印刷株式会社

製　本　株式会社難波製本

装　幀　羽毛田顕吾（ブーザンゴ）

乱丁・落丁本はお取り替えいたします。

ISBN 978-4-336-07694-6

アフリカ文学の愉楽

全6巻

【編集委員】

粟飯原文子、桑田光平、中尾沙季子、中村隆之、福島亮

割れたグラス

ALAIN MABANCKOU * VERRE CASSÉ

アラン・マバンク
桑田光平訳

バー〝ツケ払いお断り〟を舞台に繰り広げられる酔いどれたちのめくるめく狂想曲。コンゴ共和国出身、現代アフリカ文学随一のヒップスターによる代表作。**定価二八六〇円**

ヤマアラシの回想

ALAIN MABANCKOU * MÉMOIRE DE PORC-ÉPIC

アラン・マバンク
桑田光平・福島亮訳

その国には、分身遣いがいるという。人間の〈分身〉として生き、殺人を定めとされた一匹の雄ヤマアラシが語る人間界の悲喜劇。人間の内奥を抉り出す、ルノドー賞受賞作。

夢遊の大地

MIA COUTO * TERRA SONÂMBULA

ミア・コウト
伊藤秋仁訳

内戦で荒廃したモザンビーク。記憶喪失の少年とひとりの老人の幻想的な彷徨を、言葉遊びや詩的表現を駆使して描き出す、カモンイス賞受賞作家のデビュー作にして代表作。

エルミナ

SAMI TCHAK * HERMINA

サミ・チャック
福島亮訳

キューバやメキシコなどのさまざまな場所を舞台に、魔性の美少女とそれに魅せられた青年の淫靡な実践の数々。「アフリカのサド」による、快楽と残酷に満ちた代表作。

影の季節

LÉONORA MIANO * LA SAISON DE L'OMBRE

レオノラ・ミアノ
粟飯原文子訳

カメルーンのドゥアラを舞台のモデルに、口承によって受け継がれてきた大西洋横断奴隷貿易の起源に迫るフェミナ賞・メティス賞受賞作。

フレッシュウォーター

AKWAEKE EMEZI * FRESHWATER

アクウェケ・エメズィ
粟飯原文子訳

「複数のわたし」と対話し、折り合いをつけることとはどういう経験なのか。世界中で注目される作家の鮮烈なデビュー作。PEN／ヘミングウェイ賞最終候補作。

★ 定価は10％税込です。